아스퍼거 남편과
살고 있습니다

아스퍼거
남편과

살고
있습니다

김모니카 지음

다온북스

얼마 전 TV 프로그램『금쪽같은 내 새끼』를 보았다. 학교 생활에 적응하지 못하는 초등학교 1학년 자녀를 둔 부모가 상담을 신청한 에피소드였다. 이 아이는 학교생활뿐 아니라 주변 사람들과 소통하는 데 있어서도 특이한 점을 보였다. 자신에게 아낌없는 관심과 사랑을 쏟는 엄마에게 '자신을 낳은 것이 죄'라는 무시무시한 폭언을 일삼고, 심지어 엄마를 때리기까지 했다.

아이의 부모는 여러 기관과의 상담과 진료를 통해 이 아이가 아스퍼거 증후군으로 보인다는 의견을 듣고 온 상태였다. 아이의 일상이 담긴 영상을 주의 깊게 시청한 정신건강의학과 전문의 오은영 박사도 이 아이는 '아스퍼거 증후군'이 맞다고 확인해 주었다. 오은영 박사의 입에서 "이 아이는 아스퍼거 증후군이 맞습니다"라는 말이 나오는 순간, 부모의 얼굴에 무너져 내리는 마음이 고스란히 드러났다. 해당 프로그램의 패널들 역시 땅이 꺼져라 한숨을 내쉬었다. 자폐 스펙트럼의 연장선에 있는 아스퍼거 증후군 진단이 떨어지자 모두가 시한부 선고라도 받은 양 반응했다. 별생각 없이 빨래를 개며 TV를 보던 내 시선이 뜨거워졌다.

"괜찮아요. 걔 안 죽어요. 아스퍼거 죽는 병 아니에요."

그 장면을 보고 내 머릿속에 가장 먼저 떠오른 말이다. 세상이 끝난 듯이 낙담하는 부모와 못지않게 엄숙한 오은영 박사님과 패널들의 표정을 보니 내가 그곳에 달려 들어가 소리치고 싶은 심정이었다.

"이 봐요. 아기 엄마, 괜찮아요. 죽을병 걸린 거 아니에요. 아스퍼거를 가진 사람도 결혼하고, 애도 낳고, 직업을 갖고 행복하게 잘 살 수 있어요. 저도 아스퍼거 남편과 살고 있어요!"

생전 처음 듣는 낯선 의학용어에 뒤따르는 '자폐 스펙트럼의 연장선'이라는 표현 때문일까? '자폐'라는 단어가 가진 무게가 아스퍼거 증후군에 대해 과한 두려움과 공포를 불러일으킨 것 같았다.

아스퍼거 증후군을 가진 사람이 살면서 여러 가지 어려움을 겪는 것은 사실이다. 주변 사람들 역시 크고 작은 정서적 소용돌이를 겪어내야 하는 것도 맞다. 하지만 아스퍼거 증후군이 있어도 흔히 말하는 '평범한 일상'의 영위가 가능하다. 잘 알고 적절히 대처한다면 당사자나 가족들이 감당 못할 병은 아니라는 걸 나는 경험을 통해 잘 알고 있다.

사랑하는 아들이 죽을병 선고를 받은 듯이 죽상을 짓고 있는 아이의 부모에게 말해주고 싶었다.

"금쪽이 어머니, 금쪽이 괜찮아요. 아스퍼거라도 괜찮아요."

비단 금쪽이 엄마뿐이랴.
이 세상에 수많은 아스피들과 그들의 부모, 가족, 친구들에게 말해주고 싶었다.

"저희 남편도 아스퍼거예요. 그래도 결혼하고, 아이 둘 낳고, 직장 잘 다니고, 거뜬히 1인분 해내고 잘 살아요. 너무 걱정하지 마세요."

그렇게 우리 가족의 이야기를 쓰기로 결심했다.

"저는 아스퍼거 남편과 살고 있습니다.
아스퍼거라도 우리는 '잘' 살고 있습니다."

등장인물

모니카

무인도에 던져놔도 살아남을 것 같다는 소리를 듣는 여장군 타입. 급한 성격 탓에 실수 연발! 하지만 타고난 긍정의 힘으로 가정 안팎의 사건사고를 수습하는 해결자.

라이언

모니카바라기. 느긋하고 여유로운 호주 한량. 변화와 도전을 어려워하지만 시작만 도와주면 누구보다 꾸준하고 우직하게 해내는 성실한 사람. 스무 살 무렵, 아스퍼거 증후군 진단을 받음.

스카이

섬세하고 동생을 잘 돌보는 K-장녀. 유아기에 가족 외 누구와도 접촉을 거부하는 아스퍼거증후군의 전형적인 성향을 보였으나 자랄수록 '핵인싸'가 되어가고 있음.

제이든

24개월까지 아들 육아의 정수를 제대로 보여주며 아빠, 엄마를 당황스럽게 했으나 현재 젠틀맨으로 성장 중. 전 세계 국가, 수도, 국기를 외우고 미니카를 수집한다. 라이언 판박이.

차례

프롤로그 – 5

* 내 남자친구는 아스퍼거입니다

남자친구의 아스퍼거 증후군 커밍아웃 – 15

아스퍼거 남자친구의 소통법 – 27

땡큐 모니카, 내 이름을 물어준 사람 – 36

아스퍼거의 연애에는 돌직구만 통한다, 밀당 금지 – 49

맥주 한 모금, 용기 한 모금 – 56

거절은 거절합니다! 아스피의 거절공포증 – 67

그는 내 자존감이다 – 77

너는 사람이 말을 하는데 왜 딴 데를 봐? – 84

아스퍼거 남자친구와 결혼해도 될까요? – 93

* 하이브리드 가족

하이브리드 가족의 탄생 1 – 100

하이브리드 가족의 탄생 2 – 111

라이언 일병 구하기의 서막, 남편을 탐구하다 – 118

카산드라 증후군과 시어머니 – 135

아스퍼거 남편도 아빠가 될 수 있을까? – 146

고마워요 샘 해밍턴 – 156

혼혈아, 다문화, 믹스드? 뭣이 중헌디! – 161

아빠가 '한글 사람'이면 좋겠어? – 167

둘째를 낳은 이유 – 175

✳ 아스퍼거 남편 사용설명서

아스퍼거 증후군의 귀를 여는 마법의 두 문장 – 180

내 남편은 원칙주의자 – 189

아스퍼거 배우자와 사는 것은 포기와 체념의 연속이다 – 203

아스퍼거 남편과 살지만, 카산드라는 아닙니다 – 212

아스퍼거 증후군을 이긴 역마살 – 217

친구의 도움을 조금 받으면 난 잘 지낼 수 있어요 – 226

디테일의 힘 – 234

아스퍼거 남편 사용 설명서 – 242

에필로그 – 269

내 남자친구는
아스퍼거입니다

남자친구의
아스퍼거 증후군 커밍아웃

"미안해, 멈춰 봐. 일단 거기 서 봐. 잠깐만. 내가 태워줄
게. 가도 좋으니까 내가 집까지 태워줄게. 내가 너를 화나게
한 것 같은데, 이유를 모르겠어. 그래도 무조건 내가 미안해.
너를 화나게 할 의도는 없었어. 진짜 일부러 그런 거 아니야.
나는 원래 사람의 마음을 읽을 줄 몰라. 나는 아스퍼거야."

"아스…… 뭐?"

"아스퍼거 증후군이라는 게 있어. 자폐의 일종인데……
아스퍼거들은 다른 사람들 마음을 읽을 줄 몰라. 핑계 대는
건 아니고……. 진짜 네 기분을 상하게 할 의도는 없었어. 정
말 미안해. 내가 아스퍼거라서 그래. 그니까 제발 내가 데려
다주게만 해 줘."

몇 번째 데이트였는지 기억은 안 나지만, 연애 초기 시절이었다. 퇴근길에 만나 저녁을 먹으러 갔는데 화가 머리끝까지 나서 밥을 끝까지 먹고 싶지도 않았다.

'뭐 저런 놈이 다 있어? 별 희한한 인간을 다 보겠네!'

식사 도중 식당을 뛰쳐나와 성큼성큼 지하철을 향해 걸어갔다. 남자친구가 따라 나와 나를 붙잡았다. 욕을 한바탕 해주려고 뒤를 돌아봤는데 그가 울고 있었다. 덩치가 산만한 그가 데려다줄 테니까 차에 타라고 울며 사정했다.

'이건 또 뭐지? 얘 왜 울지? 아스…… 뭐? 버거? 뭘 갖고 있다고?'

일단 다 큰 남자가 나 때문에 우니 당황스러웠다. 일단 그의 차에 탔다. 그렇게 애원하더니 막상 차에 타니 집에 가는 길 내내 말이 없었다. 내 머릿속만 팽팽 돌아갔다. 대화할 시간을 벌려고 데려다주겠다고 한 거 아닌가? 뭘 물어보든가 해야 할 거 아냐. 왜 또 아무 말이 없지? 불편한 침묵은 이어졌다. 어느새 집에 도착했다.

'장난하나 진짜. 이럴 거면 굳이 왜 붙잡은 거야?'

그의 행동은 황당하기 그지없었다. 다시는 연락하지 말라는 말을 남기고 그의 차에서 내렸다. 집에 들어와서도 감정이 가라앉질 않았다. 생각할수록 어이가 없었다. 머릿속에 수많은 의문이 일었다. 혼자 오도카니 앉아 그날 하루를 복기해 보았다.

당시 나는 호주 브리즈번에 있는 카페에서 아르바이트를 하고 있었다. 커피와 음료뿐 아니라 즉석 샌드위치, 파이, 소세지롤 등의 음식도 같이 파는 곳이었다. 때문에 가게는 오전 8시 30분부터 커피와 아침 식사를 사려는 주변 직장인들로 붐볐다.

나는 보통 오전 8시에 출근했다. 이른 아침 나를 반기는 건 꼭두새벽에 출근해서 핫푸드를 조리하는 사장님 부부가 쌓아놓은 설거지 더미였다. 한바탕 설거지를 끝내고 샌드위치 재료로 쓰일 채소를 손질하는 것이 내 아침 루틴이었다.

손님들이 몰리면 커피 내리고 서빙하느라 다른 것을 할 시간은 전혀 없다. 손님들이 밀어닥치기 전, 단 30분 만에 설거지와 샌드위치 준비를 마쳐야 했기 때문에 항상 마음이 급했다. 급기야 그날은 양상추를 썰다가 내 손가락도 썰어 버렸다. 왼쪽 검지를 크게 벤 것이다. 손톱 절반이 날아갔고 피가 엄청나게 쏟아졌다. 여자 사장님이 달려와 지혈을 해 주셨다. 원래 덜렁거리는 성격이라 손에 상처가 많은 편이니 그저 '또 다쳤네'라고 생각할 뿐이었다. 그런데 사장님이 벌벌 떨기 시작했다.

"무섭지? 나도 무서워."

사장님이 무섭다니까 갑자기 나까지 머리가 어지러워졌다. 베인 손가락으로 온몸의 에너지와 피가 같이 빠져나가는 것 같았다. 내 멘탈이 나간 걸 눈치챈 사장님이 나를 소파에 누이고 쉬게 해 주셨다. 피가 멈추지 않으면 바쁜 시간대 손님만 쳐내고 병원에 가자고 하셨다. 30분 정도 소파에 널브러져 있었다. 하얗게 질렸던 얼굴에 핏기도 돌아오고 상처 부위에 피도 잦아들었다. 슬슬 쉬는 게 불편하게 느껴지기 시작한 걸 보니 제정신이 돌아온 듯했다. 줄줄이 밀려드는 손님들의 주문 내용이 들려왔다.

"플랫화이트에 흑설탕 2스푼 추가해 주세요. 너무 뜨겁지 않게 해 주시고요. 우유 거품 전혀 없게 해 주세요."

'출력센터 에이미 목소리네. 내가 없어서 구구절절 지 진상 취향 다 말하고 있구나. 사장님은 에이미 커피 만들 줄 모르는데……'

손가락에 붕대를 한 겹 더 감고 위생장갑으로 무장한 뒤 벌떡 일어났다. 딱 30분 쉬고 평소와 똑같이 근무했다. 노동자의 애환이다.

손가락을 다친 그날도 남자친구는 카페 앞에서 나를 기다리고 있었다. 사귄 지 한 달 됐을 무렵, 감정이 한창 불타

오를 때였다. 주말 데이트는 당연했고 평일에도 거의 매일 만났다. 브리즈번 중심가에는 마땅히 주차할 곳이 없기에 주차가 가능한 상권인 사우스뱅크가 우리의 주요 데이트 장소였다. 도장 깨기 하듯 사우스뱅크 식당을 탐방하고 브리즈번 강을 따라 걸으며 꽁냥꽁냥 놀다가 헤어지곤 했다.

그날도 여느 때처럼 남자친구의 차에 올랐다. 일단 반갑게 인사하고 붕대 감은 손가락을 보여주며 말했다.

"오늘 사고가 좀 있었어. 양상추 썰다가 손가락을 베였어."

"괜찮아?"

"응 괜찮아."

말은 괜찮다고 했지만 갓 스무 살을 넘긴 나에게 그날은 무척 힘든 하루였다. 위로가 필요했다. 괜찮다는 나의 대답에 남자친구는 빈정거렸다.

"그럼 오늘은 하루 종일 피맛 나는 샌드위치를 만들었겠네?"

"뭐?!"

황당했다. 괜찮냐는 그의 물음에 괜찮다고 대답한 내가 예상한 대화의 흐름은 대충 이런 거였다.

"약은 발랐어? 약 사러 갈까? 아니면 병원에 가볼까?"

"아니, 괜찮아. 사장님이 약 발라주셨어. 걱정 안 해도 돼. 저녁 먹으러 가자."

그런데 피맛 샌드위치라니?! 피를 너무 흘려서 머리가 핑 돌 지경이었는데⋯⋯. 붕대에 아직도 피가 흥건히 새어 나와 있는데 그걸 보고도 농담이 하고 싶나? 내 상태를 자세히 살피지도 않고 농담을 던진 그가 무례하다고 느껴져 기분이 나빴다. 그래서 입을 꾹 다물고 말을 안 하니 그도 조용해졌다. 내 기분이 상했다는 걸 분명히 눈치챘을 텐데 이유를 묻거나 달래려 하지도 않았다. 사우스뱅크의 어느 식당에서 밥을 먹는 중에도 둘 다 아무 말도 하지 않았다.

'아니 이럴 거면 왜 마주 앉은 거지? 내가 말을 안 한다고 해서 지도 말을 안 하면 어떡해. 지가 한 이상한 농담 때문에 내가 삐쳤는데 왜 아무 말도 안 하는 거지? 왜 그러냐고 한 번 물어만 줘도 금방 풀릴 텐데. 내가 말을 안 해서 되려 자기가 화가 났나? 아니면 나를 완전히 무시하는 건가? 이제 내가 싫어졌나?'

기분이 상했다는 티를 팍팍 내는데도 남자친구는 무반응이었다. 그가 내 감정을 철저하게 무시하는 것처럼 느껴졌다. 이런 생각까지 드니 그 자리에 앉아 있는 것 자체가 의미 없단 생각이 들었다. 뛰쳐나온 나를 붙잡아 집에 데려다주게 해달라고 눈물로 사정하더니 차 안에서는 또다시 묵언수행이 이어졌다. 생각할수록 이상한 사람이었다.

'아까 뭐라고 했더라? 무슨 버거? 아스버거? 아스퍼거라고 했던가? 그거 때문에 내 마음을 모른다고 했지. 야! 나는 그거 없는데도 네 마음을 모르겠다! 서로 마음 모르는 것은

피장파장 아니냐고……. 일단 그 버거가 뭔지 찾아나 볼까
…….'

스마트폰이 없던 시절이라 도서관에서 인터넷 검색 결과를 한참이나 읽었다. 아스퍼거 증후군에 대한 책도 한 권 빌렸다.

영문과에 다니면서 전공 책도 원서가 아닌 번역본으로 읽던 나였는데 남자친구 덕분에 영어 공부를 했다. 빌려온 책을 꾸역꾸역 읽고 나니 그날의 미스터리가 어느 정도 풀렸다.

자폐 스펙트럼 장애 양상 중 하나인 아스퍼거 증후군을 가진 사람은 대부분 신체기능과 지능이 정상 범주에 속한다. 때문에 겉보기에는 비장애인과 다를 바 없어 보이지만 이들은 사회성이 극도로 결여되어 있어 다른 사람들과의 상호작용에 어려움을 겪는다.

큰 특징 중 하나는 자기중심적이고 일방적인 대화를 한

다는 것이다. 대화 맥락에 상관없이 자기가 하고 싶은 말만 늘어놓기 때문에 친구를 사귀거나 대인관계를 형성하는 데 큰 어려움을 겪는다. 또한 타인을 향한 감정이입이 불가능하고 공감 능력이 없다. 눈치 없는 행동을 하거나 배려 없는 모습을 보이는 것도 공감 능력이 없기 때문이다.

은유나 비유 같은 숨겨진 표현, 함축된 의미는 파악하지 못한다. 단어나 문장을 문자 그대로만 이해한다. 예를 들어 반어법으로 '자알~했다!', '잘났네 아주'라고 비아냥거렸다고 치자. 아스퍼거 증후군을 가진 사람은 이를 문자 그대로 받아들이기 때문에 칭찬이라고 생각한다.

그날 남자친구는 나보다 더 혼란스러웠을 것이다. 남자친구가 괜찮냐고 물어서 나는 괜찮다고 대답했다. 그는 내가 괜찮다니까 정말 괜찮은 걸로 받아들였다. 그래서 가벼운 농담을 던졌는데 내가 갑자기 화를 내고 입을 닫아버렸다. 그는 엄청나게 당황스러웠을 것이다. 정확한 이유는 모르겠지만 늘 그랬듯 자기가 또 무언가 말실수를 해서 나의 기분을 상하게 했다는 것 정도는 알았을 것이다. 하지만 상호작용 기술이 부족한 그는 무슨 말을 어떻게 해야 할지 몰라서 아무 말도 할 수가 없었던 것이다.

상황을 수습하고 싶은 마음은 굴뚝 같았겠지만, 아스퍼거 증후군을 가진 사람들은 스트레스 상황에서 사고가 정지된다. 당황하면 공황 상태에 빠지기도 하고 불안감도 크게 상승한다. 실수를 만회하려고 어떤 말이나 행동을 했다가 오히려 역효과가 날까 봐 두려워하기도 한다. 그러니 문제가 발생하면 항상 이러지도 저러지도 못하고 시간만 보낸다. 그의 머릿속에서 이런 일이 일어나는 와중에 내가 벌떡 일어나서 떠나버린 것이다.

'아, 끝나버렸구나. 다시는 이 여자를 못 보겠구나.'

그는 극도의 좌절감에 감정이 요동쳤을 것이다. 눈물까지 터졌다. 너무 절박한 나머지 계획에도 없던 아스퍼거 증후군 커밍아웃까지 해가며 나를 붙잡았다.

요 며칠 내 마음이 불편했던 것과는 비교도 안 되게 큰 혼란을 겪고 있을 그를 구해야 했다. 그의 집으로 찾아가 말

없이 내가 읽었던 아스퍼거 증후군에 대한 책을 내밀었다.

"이제 밥 먹을 수 있겠네."

그가 해맑게 웃으며 말했다.

아스퍼거 남자친구의
소통법

브리즈번 야경이 한눈에 내려다보이는 마운틴 쿠사 전망대는 밤이면 바로 옆에 누가 있는지도 분간이 되지 않을 정도로 칠흑 같은 어둠에 둘러싸인다. 산 아래 브리즈번에서 뿜어 올리는 불빛에 나의 눈과 마음을 쬘 수 있는 곳이다.

라이언은 첫 데이트에 나를 이곳에 데려왔다. 눈 앞에 펼쳐진 야경에 감탄하며 넋을 놓고 있는 나에게 그가 말했다.

"너만 좋다면 오늘처럼 브리즈번 곳곳의 예쁜 곳으로 널데리고 갈게. 네가 호주에 머무는 동안 좋은 경험, 즐거운 추억 많이 만들게 도와주고 싶어. 부담 가질 필요 없어. 나도 너랑 같이 보내는 시간이 즐거우니까. 친구라고 생각하고 종종 봤으면 좋겠다. 그냥 친구라도 좋고, 남자친구면 더 좋고."

"뭐? 남자친구?"

"나도 알아. 그래도 희망은 가질 수 있는 거잖아. 그래서 어때? 가보고 싶은 곳 있어?"

"음…… 호주 바다에 가보고 싶었어, 호주는 바다가 예쁘다고들 하니까."

"그래? 그럼 이번 주말에 누사 비치에 갈래?"

첫 데이트에 세상 쿨한 태도로 남자친구가 되고 싶다고 하질 않나, 연이어 애프터 신청을 하질 않나. 저돌적인 이 남자, 선수인 줄로만 알았다.

그렇게 우리의 데이트는 이어졌고 곧 매일 만나는 사이가 되었다. 그의 희망대로 친구로 시작했지만, 그는 금세 내 남자친구가 되었다. 좋은 사람과 사랑에 빠지는 것은 너무나 쉽고도 당연한 일이다.

시간이 흘러 한국으로 돌아갈 날이 다가왔다. 라이언이 호주에서 공부를 더 할 생각은 없는지 물었지만, 호주에 더 살고 싶지 않다는 나의 마음은 확고했다. 영어영문학과에 다니다 보니 90퍼센트 이상의 학생들이 재학 중 어학연수를 다녀오는 추세였다. 어학연수가 기본값이라는데 기본도 못 하는 건 마음이 불편했다. 평범의 범주에 들고자 호주에 왔 다. 그게 내 유일한 목표였다. 외국에 살고 싶다거나 해외 여 행을 즐기고 싶다거나 하는 꿈은 전혀 없었다.

오히려 사계절 내내 더운 호주 날씨는 겨울을 좋아하는 나를 지치게 했다. 가을이 올 때가 훨씬 넘었는데도 끝나지 않는 긴 여름을 견디는 것이 지겨웠다. 매일 아침 비몽사몽 으로 집을 나서도 단숨에 정신이 번쩍 들게 하는 한국 겨울 의 칼바람을 맞고 싶었다. 후줄근한 반팔 티셔츠를 사시사 철 입는 게 지겨웠고, 온몸을 감싸는 빳빳한 겨울 코트의 느 낌이 그리웠다. 학생 신분을 벗어나 완전한 사회인으로서 내가 무엇을 이룰 수 있을지도 궁금했다.

내 확고한 귀국 의사를 들은 라이언은 자기도 한국에 가 겠다고 했다.

"어떻게 그렇게 쉽게 결정할 수가 있어?"

"우리 결혼하기로 했잖아. 네가 호주에 살기 싫다면 내가 한국에 가야지."

"응? 겨……, 결혼? 우리가? 내가 너랑 결혼하기로 했다고?"

"내가 타이타닉 카드 준 거 기억 안 나? 마운틴 쿠사에서. 그때 약속했잖아."

급하게 기억을 더듬어보았다. 타이타닉 카드……?그게 뭐지?

호주에서 주로 쓰는 반지갑은 지폐 수납 부분 맨 뒤 칸에 지퍼가 달려 있는데, 이 공간은 주로 동전 보관용으로 쓰인다. 2달러짜리 호주 동전이 한화로 2,000원 이상이니 동전을 소중히 여겨야 해서 그런가 보다. 나는 그의 지갑을 구경하고 있었고 레오나르도 디카프리오와 케이트 윈슬렛이 마주하고 있는 모습이 담긴 카드를 발견했다. 특별한 쓸모는 없어 보이는 장식용 카드였다.

"이게 뭐야? 이걸 왜 갖고 다녀?"

"거기 쓰여 있는 문구가 좋아서."

타이타닉호가 침몰한 후 바다에 빠진 두 남녀 주인공이 구출되기를 기다리던 장면이었다. 잭은 바다 위에 떠다니는 문 위에 로즈를 태우고 그녀의 손을 꼭 잡고 말한다.

"절대 포기하지 마. 살아남겠다고 내게 약속해"

곧 서서히 얼어 죽어가는 잭을 안타깝게 지켜보던 로즈는 하염없이 잭의 이름을 부르다가 그의 손을 놓고 만다.

나는 조금 다른 이유로 그 장면을 생생하게 기억하고 있다. 영화 『타이타닉Titanic』을 처음 본 것은 중학교 3학년 때였다. 지금 생각해 보면 우스운 장면이 아니지만, 케이트 윈슬렛이 쉰 목소리로 잭의 이름을 부르는 것이 그 당시에는 그렇게 웃겼다. 때문에 친구들과 며칠 동안이나 케이트 윈슬렛 성대모사를 하며 깔깔댔다. "쨱!", "쨱!"하고 말이다.

"포기하지 않는 건 정말 중요한 거야. 그게 내 인생의 신조야. 이 카드, 너 가질래? 나한테 진짜 소중한 거니까 너에게 주고 싶어."

이 남자, 감성적이네? 타이타닉 카드를 선물 받은 날, 우리는 다시 마운틴 쿠사를 찾았다. 예의 그 칠흑 같은 어둠 속에서 한참 브리즈번의 야경을 바라보다가 그가 말했다.

"우리가 영원히 함께했으면 좋겠어. 물론 너는 한국에 돌아가야 하고 그 외에도 여러 가지 문제가 있지만……. 타이타닉 카드에서 쓰여 있는 것처럼 나는 절대로 포기하지 않을 거야."
"응, 나도 그래."
"정말? 우리 영원히 함께하는 거야?"
"그럼. 당연하지."

그날 우리의 대화를 라이언은 결혼 약속으로 받아들인 것이다.
영화 『헤어질 결심』에서 해준이 "저 폰은 바다에 버려요.

깊은 데 빠뜨려서, 아무도 못 찾게 해요"라고 말한 순간을 서래는 사랑한다는 말로 기억하듯, 라이언은 그날을 우리가 결혼을 약속한 날로 기억하고 있었다.

나 역시 진심으로 그를 사랑했고 그와 영원히 함께하고 싶었다. 하지만 그날 그 대화가 결혼이라던가 백년해로 따위를 뜻하는 것은 아니었다. 눈에 콩깍지가 씐 연인의 대화가 다 그렇지 않나? 영원히 함께하자는 남자에게 진지하게 "나는 싫거든?"이라고 찬물을 끼얹을 여자는 아주 드물 것이다.

"내가 그렇게 나쁩니까?"

자기방어적인 서래의 질문에 '타이타닉 카드'가 생각났다. 그제야 그가 재차 같은 질문을 하고, 내가 동의하자 무척 기뻐했던 것이 생각났다. 그에게 그 고백은 여느 커플들이 흔히 주고받는 대화가 아니었다. 혼자서 오래오래 준비해 온 묵은 고백이었다.

사회성이 부족한 아스피(Aspie, 아스퍼거 증후군을 가진 사람들)들은 타인과 대화하는 행위 자체를 힘들어한다. 그들이 '그냥' 혹은 '별 뜻 없이' 어떤 말을 하는 경우는 없다. 그들은 무슨 말을 하든 그 말의 의미를 반드시 지킨다. 또한 자신이 빈말을 하지 않기 때문에 상대도 빈말 같은 건 하지 않을거라고 생각한다. 모든 사람의 말을 곧이곧대로 받아들인다. "언제 밥 한번 먹어요"라는 끝인사를 들으면 정확히 가능한 날짜와 시간을 묻는다. 비아냥이나 반어법처럼 꼬인 표현은 알아차리지 못한다. 분위기 파악 못하고 눈치 없다고 늘상 비난받는 것은 이 때문이다.

아스퍼거 증후군의 사고 흐름을 바탕으로 우리의 대화를 다시 떠올려보자. '영원히 함께한다'는 약속이 지켜지려면 우리 두 사람이 결혼해서 가족이 되어 검은 머리 파뿌리 되도록 백년해로하는 과정이 필요하다.

그가 속마음을 고백할 때는 항상 늦은 밤 마운틴 쿠사였다는 사실도 깨달았다.

연애 초기, 나는 그의 사회성이나 대인관계 기술에 대해 전혀 의심하지 않았다. 우리 사이에서 저돌적으로 행동하는 쪽은 항상 그였기 때문이다. 선수인가 착각할 정도로 적극적으로 우리의 관계를 리드해 온 그였다. 사회성 결여가 주특징이라는 아스퍼거 증후군이라고는 상상도 못 했다.

나중에서야 결정적인 순간에 우리는 항상 어둠 속에 있었단 걸 깨달았다. 눈맞춤을 잘 하지 못하고, 대화 시 상대방의 반응에 대해 극도로 두려움을 느끼는 아스피 라이언은 어둠이 꼭 필요했을 것이다. 마운틴 쿠사의 칠흑 같은 어둠은 그에게 용기를 주었다.

당시 내 나이는 한국 나이로 24살, 대학교 4학년이었다. 그런 내가 벌써 결혼을 이야기하고 있다. 그에게는 너무나 당연한 이 흐름이 나에게는 낯설게 느껴졌다.

땡큐 모니카,
내 이름을 물어준 사람

✱

✱

호주가 영어를 쓰는 나라가 맞나? 호주 땅에 처음 떨어졌을 때 든 생각이었다. 중학교 때부터 9년이 넘도록 영어를 배웠고 영어영문학과까지 다녔지만, 호주에서는 단 한마디도 알아들을 수 없었다. 호주 영어는 한국에서 배운 미국 영어와도 달랐고, 『브리짓 존스의 일기Bridget Jones's Diary』에 나오는 영국 영어와도 달랐다. 호주 영어라는 제3의 영역이 존재하는 듯했다.

현금 170만 원과 왕복 비행기 티켓이 전 재산인 상태에서 1년을 버티려면 당장 일을 구해야 했다. 게다가 셰어하우스 보증금으로 목돈을 지출하니 가진 돈은 더 줄어들었다. 한국 라면을 사 먹는 것조차 사치로 느껴졌다. 싸구려 식빵에 딸기 잼만 발라 먹으며 살아도 겨우 2달을 버틸 수 있을 뿐이었다.

절박한 상황이었지만 한국인이 하는 가게에서 일할 생각은 하지 않았다. 호주에 온 것은 오직 영어 실력을 늘리기 위해서였기 때문에 호주인이 운영하는 업체에만 이력서를 넣었다. 일이 구해지지 않으면 한국행 비행기를 타고 돌아갈 생각도 했다. 학교 사람들에게는 그 사실을 숨기고 호주에 있는 척하며 1년 정도 숨어 있으면 될 일이었다. 어학연수 간다고 휴학까지 했는데 한 달 만에 돌아간다면 너무 비참할 것 같았다.

같이 셰어하우스에 살던 한국인 친구들이 호주인 업체에서 일을 구하는 건 불가능하다며 헛꿈 꾸지 말라고 겁을 줬다. 편의점 직원이 하는 말도 알아듣지 못할 정도니 친구들 말이 맞는 것도 같았다. 구직 과정이 쉽지 않을 거라 다시금 각오했다.

이력서를 100장 뽑았다. 없는 돈에 비장한 마음으로 도서관 고액권 복사 카드를 샀다. 출력되는 종이들을 한참 지켜보았다. 이 100장의 이력서가 내 손을 떠났는데도 일을 구하지 못한다면 미련 없이 이 땅을 떠나기로 다시 한번 다짐했다.

브리즈번 시내에 있는 상점이란 상점은 다 돌아다니며 이력서를 돌렸다. 간판에 한글이 보이는 업체나 중국, 일본 등의 아시아 식당은 피했다. 한국 사람이 운영할 가능성이 있기 때문이다.

첫날에는 10장 남짓 돌렸다. 첫 번째 가게 문을 열고 들어가는 게 제일 힘들었다. 처음 이력서를 넣었던 그 가게 앞에서 들어갈까 말까 망설이다가 그날 시간을 다 써버렸다.

처음에는 토익으로 익힌 영단어를 써가며 겨우 이력서를 제출하고 싶다고 말했다. 그랬더니 직원이 "이력서 내러 오셨다고요(Are you here to leave your resume)?"라고 되물으며 내 이력서를 받았다. 솔직히 그때 나는 '아, '제출하다'라는 뜻으로 submit이 아니라 leave를 쓰네?' 따위의 생각을 하며 당장 학교도 못 다닐 형편인데 공짜로 회화를 배우니 좋다고 감탄하고 있었다. 그리고 다음 가게에 들어가 배운 단어를 써먹고 뿌듯해했다.

이튿날에도 이런 식으로 이력서를 스무 장 남짓 돌렸다.

그날 밤, 아직 단 한 번도 울린 적 없는 내 호주 휴대전화가 울렸다. 유감스럽게도 상대방이 말하는 내용을 거의 알아듣지 못했다. 드문드문 아이스크림, 컴(come) 등의 단어를 들었을 뿐이다. 이력서를 엄청나게 많이 돌린 탓에 어느 아이스크림 가게인지 모르겠으나, 일단 전화가 온 것만으로도 정말 기뻤다.

"네, 갈 수 있어요. 갈게요."

"땡큐 땡큐, 바이 바이"를 연발하며 전화를 끊었다. 주말이 오기 전에 그 아이스크림 가게가 어디에 있는지 알아내야 했다. 당장 밖으로 나가 이력서를 뿌리고 다녔던 동선을 되짚어보았다. 찾았다! 저 집인 것 같았다. 상호도 재차 확인했다. 토요일에 여기로 오면 되겠구나. 너무 신났다!

그렇게 아이스크림 가게에서 주말 파트타이머로 일을 시작했다. 요즘이야 전 국민의 반이 바리스타지만, 당시에는 커피 머신을 다룰 수 있는 사람이 흔치 않았다. 한국에 있을 당시 카페에서 오랫동안 일했던 나는 웬만한 커피는 만들 줄 안다는 강점을 갖고 있었다. 심지어 배스킨라빈스에서 아르바이트한 적도 있어서 아이스크림 푸는 방법을 배울 필요도 없었다.

이런 황금 일손이 들어왔는데, 영어를 못한다! 사장님은 내게 일을 시켜야 하나 말아야 하나 고민에 빠졌다. 사장님이 뭐라고 말했지만, 어차피 나는 알아듣지 못했기 때문에 내 할 말을 했다.

"저에게 일주일만 주세요. 그동안은 돈을 주실 필요도 없어요. 저 잘할 수 있어요. 제발요."

사정이 딱해 보이는데 돈도 받지 않겠다니. 사장님은 그럼 일주일 동안 매일 3시간씩 일을 배워보고 결정하자고 하셨다.

다행히 영문과 구력이 있어서인지 얼마 안 가 귀가 트였다. 손님들이 와봐야 아이스크림 이름과 커피 이름을 말할 뿐이니 더 쉽게 적응한 것 같다. 다만 내가 알던 발음과 그들의 발음이 영 달라서 한동안 고생했다. 사장님 발음을 메모

해놓고 30개가 넘는 아이스크림 이름을 익혔다.

아이스크림 가게에서 무급으로 수습 기간을 지내는 동안 두 군데서 더 전화를 해왔다. 한 곳은 음식점이었고 다른 한 곳은 아침부터 점심까지 운영하는 단독 카페였다. 아이스크림 가게에서 일하며 영어에 익숙해진 덕에 이번에는 여유롭게 전화를 받았다.

평일에 주5일로 일하는 카페와 주말 저녁에 일하는 아이스크림 가게, 일자리 2개를 구하는데 단 2주가 걸렸다. 이력서는 30장 남짓을 사용했을 뿐이었다. 큰맘 먹고 뽑은 이력서 70장이 아직도 그대로 있었다. 호주인 업체에서 일을 구하는 게 뭐가 어렵다는 거지? 이력서는 돌려보고 하는 소리인가? 역시 무슨 일이든 직접 겪어봐야 아는 법이다. 크게 좌절할 뻔했지만, 덕분에 큰 가르침을 얻었으니 되었다.

평일 카페 출근 첫날. 인터뷰와 수습 기간 때 오후에만 나를 부른 이유를 알 수 있었다. 오전 시간에는 누굴 가르칠 만한 여유가 전혀 없는, 전쟁터처럼 정신없고 바쁜 곳이었다. 일단 아는 것이 없으니 커피 머신 앞에 서서 커피를 만들며 오전 피크 시간을 보냈다. 다들 너무 바쁜 나머지 아무도 나를 제대로 교육 시켜주지 못했고, 나는 눈치껏 다른 직원을 따라서 행동하고 모르는 것은 직접 물어가며 하루를 버텼다.

오후 2시가 되어 집에 가도 좋다는 말씀에 퇴근했는데 불안하고 속상했다. 금방이라도 전화가 걸려 와 내일부터 나오지 않아도 좋다고 말씀하실 것 같았다. 그날 하루를 되돌아보니 후회할 만한 일투성이였다. 환타 달라는데 그걸 못 알아듣고 멀뚱히 서 있지를 않나, 계속 물건을 떨어뜨리고 실수하질 않나. 이렇게 문제 많은 새 직원을 사장님이 참아낼 수 있을까 걱정이 되었다. 다행히 밤새 전화는 오지 않았다. 사장님은 인내심이 상당히 많은 분이신가 보다. 감사한 아침이었다. 오늘은 잘 견딜 수 있을까? 떨리는 마음으로 두 번째 출근을 했다.

당시 일하던 카페에는 가로로 길게 바 테이블이 있었다. 그 바 테이블 위에는 커피 머신, 소세지롤이나 파이처럼 따뜻한 음식을 보관하는 온장고, 즉석 샌드위치 재료를 넣어두는 냉장고가 있었다. 사장님 부부는 주방에서 하루 종일

요리를 했고, 사장님의 친척인 기존 직원은 샌드위치 만드는 일을 맡았다. 나는 온장고와 커피 머신 사이에 서서 손님을 맞았다. 이미 조리된 음식을 꺼내 봉투에 담아주고, 손님들이 원하는 음료를 꺼내 주거나 커피를 만들어 주고 계산을 해 주었다.

두 번째 날 점심시간이었다. 점심을 사려는 손님들이 바 테이블 앞에 줄지어 서 있었다. 여전히 영어에 자신이 없던 나는 그들이 제발 내가 알아들을 수 있는 것만 주문해 주기를 간곡히 바랐다. 인사하고, 주문받고, 음식 내어주고, 돈 받고 보내면 끝. 퀘스트를 수행하듯 손님을 하나하나 차례로 쳐내고 있었다.

"땡큐, 모니카."

그때 누가 음식을 받으면서 내 이름을 불렀다.

'뭐지? 누구지? 내 이름을 아는 사람이 있을 리가 없는데?'

기계처럼 서빙하다가 퍼뜩 놀라 내 이름을 불러준 사람을 쳐다보았다. 빨간색 유니폼을 입은 호주 남자였다. 나와 눈이 마주친 그는 수줍게 웃으며 "땡큐, 모니카"라고 한 번 더 말하고는 재빨리 뒤돌아 가게를 나갔다.

명찰을 달고 있는 것도 아닌데 저 사람은 내 이름을 어떻게 알았을까? 곰곰이 생각해 보니 어떤 기억이 떠올랐다. 어제 정신없이 서빙하고 있는데 손님 중 누군가가 내 이름을 물었다.

"이름이 뭐예요?"
"모니카. 제 이름은 모니카 킴이에요."

첫 근무 날, 너무나 경황이 없던 와중에도 누군가가 내 이름을 물어보았다는 것은 기억이 난다. 아무것도 들리지 않는 상황에서 이름처럼 쉬운 걸 물어줘서 고마웠다. 당시 이름을 묻기에 반사적으로 성까지 붙여서 바로 대답했다. 그 질문을 한 사람이 남자였는지, 여자였는지, 몇 시쯤이었고, 어떤 상황이었는지는 전혀 기억이 나지 않았다.

'아, 어제 나한테 이름을 물어본 사람이 저 사람이었구나.'

세 번째 날에도 그 빨간색 유니폼 남자가 점심을 사러 왔다. BLT 버거와 그린티맛 아이스티를 사 갔는데, 거스름돈을 받을 때 보니 펼친 손바닥에 시꺼먼 때가 가득 묻어 있어 찝찝했다. 그 남자는 가게 문 앞에 세워둔 봉고차에 올라탔고, 이내 사라졌다.

네 번째 날에도 그 남자가 점심을 사러 왔다. 마찬가지로 BLT 버거와 그린티맛 아이스티를 샀고, 더러운 손으로 거스름돈을 받았다. 그의 목에 여드름 흉터가 잔뜩 있다는 것을 알게 되었다. 그는 계산을 마치고 어김없이 "땡큐 모니카"라고 인사했다. 그가 올라탄 차에 쓰인 단어를 주문지에 받아 적어 놓았다. 'couriers, please' 찾아보니 토익 단어였다.

Courier 운반원, 택배회사

'택배 배달하는 사람이구나. 그래서 손이 더러웠구나.'

어느 날은 출근했는데 그가 가게 앞에 서 있었다.

"안녕 모니카."
"안녕."

우리 가게에 원두를 배달하러 온 듯했다. 그는 영수증에
서명하는 사장님께 인사한 뒤에 내게도 인사했다.

"또 봐요, 모니카."

장난기 많은 우리 사장님이 네가 모니카 이름은 어떻게
아냐며 은근히 놀려댔다. 그리고 네 이름은 뭐냐고 물었다.
그는 자신의 유니폼에 달린 명찰을 가리키며 "라이언이에
요"하고 대답했다. 내가 "아…… 라이언 고슬링 할 때 그 라
이언?" 중얼거리자 그가 "네 맞아요. 라이언 고슬링 할 때
그 라이언. 『노트북The Notebook』에 나오는 남자요"하고 대답
했다.

"쟤는 좀처럼 우리 가게에서 뭘 사 먹질 않더니 요새는 매일 오네. 아무래도 너한테 관심이 있는 것 같아."

사장님은 나를 놀리는 데 여념이 없었다. 매일 낮 11시 30분 정각에 와서 BLT 버거와 그린티맛 아이스티를 사가는 그였기 때문에 나는 원래 그가 우리 가게 단골인 줄 알고 있었다. 그런데 사장님 말로는 내가 일하고부터 그가 오기 시작했다는 것이다. 몇 년 동안 우리 가게에 배달을 와서 성실하고 점잖은 청년이란 것은 분명히 알고 있지만, 사람은 겉만 보고는 알 수 없으니 혹시나 불편한 일이 생기면 바로 알려달라고 말씀하셨다. 그리고 앞으로 사장님이 남자 대 남자로 라이언을 지켜보겠다고도 덧붙이셨다.

매일매일 잘릴까 봐 걱정하며 다녔던 카페는 어느새 나에게 가족 같은 직장이 되었다. 일에 어느 정도 적응하고 사장님과 친해진 뒤에 처음에 말도 못 알아듣고 실수도 많이 해서 죄송했다고 사과드린 적이 있다. 사장님은 내가 오기 전에는 이틀 이상 버틴 아르바이트생이 아무도 없었다며,

새 직원이 와도 이틀을 못 버티고 그만두니 실수하더라도 일단 누가 일해주기만을 원했다고 하셨다. 그런데 내가 들어와서 오래 일해주니 마냥 고맙다고 하셨다.

아는 사람이라고는 한 명도 없었던 호주 땅에서 그렇게 내 이름을 불러주는 사람들이 조금씩 늘어가고 있었다. 내 이름을 불러주는 이들이 늘어날수록 호주 땅에서 버틸 수 있는 날짜도 늘어났다.

아스퍼거의 연애에는
돌직구만 통한다, 밀당 금지

"결혼하셨나요?"

갑자기 이 무슨 뚱딴지같은 소리인가. 라이언은 어김없이 11시 30분에 찾아왔고 BLT 버거와 그린티맛 아이스티를 주문했다. 그런데 계산을 하던 중 그는 갑자기 내게 기혼이냐고 물었다.

"네?! 전 결혼하기에는 너무 어린데요."
"몇 살이신데요?"

갈수록 가관이었다. 서양에서는 여자 나이는 안 묻는 게 예의라던데, 이 남자는 대놓고 나이를 물어봤다.

"전 겨우 22살이라고요."

나 이제 겨우 22살인데 지금이 조선시대냐, 벌써 결혼하게? 내가 그렇게 늙어 보이나? 아줌마 같다는 거야, 뭐야. 그리고 무슨 여자 나이를 그렇게 대놓고 물어보냐? 할 말이 많은데 영어가 짧아 단답만 하고 있는 내 처지가 한탄스럽기만 했다.

"아주 좋아요."
"좋다고요? 뭐가 좋은데요?"

호구조사도 아니고! 혼인 여부와 나이, 국적, 성별까지 파악하고는 좋단다.

'뭐가 좋다는 거야?! 어린 게 좋다는 거야? 아님 미혼인 거? 도대체 뭐야? 네가 뭔데 나를 판단해!'

"아, 그러니까 제 말은…… 저랑 언제 저녁 같이 드실래요?"

뭐? 이 흐름은 뭐지? 그의 뜬금없는 호구조사 끝에는 데이트 신청이 따라왔다.

"아……? 음…… 생각해 볼게요."

데이트 신청에는 생각해 본다고 한번 튕기는 게 당연지사 아니던가. 습관처럼 생각해 보겠다고 대답했다. 그러자 그는 또 "땡큐, 모니카"라고 말한 뒤 나갔다. 버거를 만들어줘서 고맙다는 건지, 미혼인 게 고맙다는 건지, 데이트를 튕겨서 고맙다는 건지. 당최 생각을 읽을 수가 없는 괴상한 대화였다. 영화 『노트북』의 라이언 고슬링은 참 로맨틱하던데 이 동네 라이언은 요상하기 그지없었다.

사장님 부부와 동료 직원은 주방과 매장 가벽에 들러붙어 우리의 대화를 엿듣고 있었다고 했다. 라이언을 평소에 되게 점잖게 봤는데 상당히 직설적이라며 놀란 눈치였다. 남자 사장님은 뭐든지 분명히 하려는 태도는 좋지 않냐며 유부녀거나 사귀는 사람이 있는데 말실수하는 것보단 사전에 확실히 확인하는 게 나쁘지만은 않다고 하셨다. 사모님과 여직원은 여자가 너무 쉬워 보이면 안 된다고 튕기길 잘했다며, 며칠 후에 한 번 더 데이트 신청을 해오면 못 이기는 척 받아주라고 했다.

그는 내 이름을 물어보고 매일 우리 카페에서 점심을 사 갔지만, 데이트 신청을 하는 데는 3개월이나 걸렸다. 내가 데이트 신청을 한번 거절한 뒤로도 그는 매일 점심을 사 갔지만, 다시는 말을 걸지 않았다.

그렇게 한 달이 지났다. 느낌 탓일까? "생각해 볼게요" 사건 이후로 그는 약간 주눅 들고 슬퍼 보였다. 아마 "생각해 볼게요"를 완전한 거절로 받아들인 것 같았다.

그래도 그는 항상 11시 30분에 와서 BLT 버거와 그린티맛 아이스티를 사 갔다. 매일 같은 것만 먹는데 지겹지도 않나? 만약에 그린티맛 아이스티가 단종되면 그는 어떤 반응을 보일까? 서빙만 하는데도 지겨워서 자체 단종을 시켜버리고 싶을 정도였다.

　“여기 버거랑 아이스티 나왔습니다.”

　“땡큐 모니카.”

　그의 입에서 나오는 말은 BLT 버거, 그린티맛 아이스티, 땡큐 모니카 이 3종 세트뿐이었다. 그리고 이 지루한 무한루프를 깨부수어버릴 순간이 왔다.

　“더 필요하신 거 있으세요?”

　“아뇨.”

　“이를테면 제 번호라던가?”

　“오! 그거라면 받아야죠!”

　그는 그제야 함박웃음을 지으며 내 전화번호가 적힌 영수증을 받아 갔다. 그가 나가자 주방에서 사장님 부부와 동료가 나와 호들갑을 떨었다. “저 남자 데이트할 때도 저 봉고차 몰고 나오면 어떡해?”, “다른 차가 있겠지”부터 “데이트에도 유니폼 입고 나오는 거 아냐? 쟤 좀 이상하니 충분히 그럴 소지가 있다"까지. 난리가 났다.

무언가 부자연스럽고 이상한 구석이 있는 남자였지만, 내게 거절당했다고 생각하면서도 매일매일 나를 보러 오는 그의 마음이 고마웠다. 무엇보다 "생각해 볼게요" 사건 이후 죽상을 하고 다니는 이 남자를 구해주고 싶다는 생각도 들었다. 운명이 있다면 나의 '라이언 일병 구하기'는 이때부터 시작되었는지도 모른다.

이제는 아스퍼거 증후군에 대해서 알기에 밀당이나 기싸움 따위는 하지 않는다. "한 번은 튕겨야지"의 뜻으로 던진 "생각해 볼게요" 이 한마디가 라이언 일병에게 한 달이 넘는 마음고생을 안겨주었다. 진부한 연애 이론서에 나오는 흔해 빠진 밀당 대사조차 아스피들은 곧이곧대로 받아들인다. 아스퍼거와의 연애에서는 오직 돌직구만 통한다.

연애에 있어 아스퍼거 증후군 덕을 볼 때도 있다. '한번 물면 놓지 않는다'는 아스퍼거 증후군의 똥고집 덕에 라이언은 나에게 거절당했다고 생각했음에도 절대 포기하지 않왔다.

"그럼에도 불구하고 나는 여전히 네가 좋으니까. 네가
보고 싶으니까 매일 보러 갔어. 나는 절대 포기하지 않아."

맥주 한 모금,
용기 한 모금

서양 국가인 호주는 남녀평등 기조가 한국에 비해 더 강할 거라고 생각했는데 아니었다. 오히려 동양 국가에서 보이는 여성성이 호주에서도 여전히 강조 혹은 강요되는 것을 경험했다. '여자가 말이야~', '남자가 말이야~'라는 말을 호주에서도 종종 들었으니 말이다.

연애 초기에는 라이언과 거의 매일 만나다 보니 엄청나게 바빴다. 노는 데도 고도의 에너지가 쓰인다는 것을 그때 깨달았다. 혼자 사는 한 칸짜리 살림이지만 매일 외출하다 보니 엉망이고 빨래도 쌓여갔다. SNS에 매일 다른 옷을 입고 어디에 놀러 갔다고 인증샷을 올리는 친구들의 방 모습은 어떨지 궁금해졌다. 그들의 실제 집이 꾸며진 SNS 피드처럼 깨끗하고 잘 관리되어 있다면, 무한한 존경을 보낸다. 그들은 나보다 100배는 부지런한 사람일 것이다.

노느라 바쁘고 정신없었던 그즈음, 어느 날은 바람이 잘 통하는 시원한 리넨 롱치마를 입고 데이트를 나갔다. 라이언 차를 타고 이동하던 중에 습관적으로 조수석에서 양반다리를 하고 앉았다. 나에게는 어디에 앉아도 5분 정도만 지나면 양반다리로 고쳐 앉는 습관이 있다. 라이언은 이런 나를 무척 신기하게 생각했다.

라이언은 양반다리 자세를 취하면 바로 뒤로 나동그라져진다. 평생 입식 생활을 했어도 양반다리를 곧잘 하는 외국인들이 있던데 라이언은 아니었다. 요즘도 식당에 들어갔다가 온돌바닥에 앉는 구조면 바로 다시 나올 정도다. 소파 없이 좌식 생활을 하던 우리 친정은 라이언 때문에 소파를 들였다. 친정에 가면 라이언이 늘 벌서는 사람처럼 무릎을 꿇고 앉았다. 물론 본인은 괜찮다고 했지만 보는 사람 입장에선 전혀 괜찮지 않았다.

롱치마를 입고 양반다리를 하려고 다리를 휘적대는데 라이언이 내 종아리를 보고 경악했다. 샤워 중 '짧은 옷 입는 것도 아닌데 종아리 면도는 건너뛰자'라고 방심한 것이 화근이었다. 여자에 대해 잘 모르는 사람은 여자 털이 흉해봤자 얼마나 흉하겠어 싶겠지만, 중학교 때부터 다리 면도를 시작하여 내 다리털은 면도 내성이 매우 강해진 상태이다. 라이언은 아빠 수염처럼 빳빳하게 수염이 올라온 내 다리털을 보고 라이언이 왜 면도를 안 했냐며 눈살을 찌푸렸다.

엄청나게 당황스러웠다. 한국에서라면 매우 민망하고 부끄러웠을 것이다. 하지만 호주는 남녀가 평등한 나라 아니던가? 괜히 장난기가 올라왔다. 라이언은 온몸이 곰처럼 털로 뒤덮여있으니 내 다리털을 지적할 입장은 못됐다. 당신은 곰처럼 다리털을 길렀는데 왜 나만 다리털을 깎아야 하냐고 뻔뻔스럽게 되물었다. 그러자 라이언은 너무나 당연하다는 듯이 말했다.

"왜냐하면 넌 여자니까."

동서양을 막론하고 존재하는 전통적인 여성성과 남성성이 있나 보다⋯⋯. 호주에서도 다리털 이슈에서만큼은 남녀가 평등할 수 없는 듯했다.

그런데 이에 반하는 에피소드도 있다.

호주에서는 성별에 따라 주로 마시는 술 종류도 다르다. 한국은 남녀 할 것 없이 돈 없는 학생 때는 소주, 맥주를 마셨다. 술이 약하면 소주보다 천 원 정도 비싼 옵션을 선택할 수 있었다. 사회생활을 시작하고 월급을 받고부터는 취급 주류에 와인이나 위스키가 추가되기도 하는데 이런 술에 남녀 구분은 없다.

내가 제일 좋아하는 술은 단연 맥주다. 한여름에 숨 막히는 갈증을 푸는 데는 아무리 시원한 이온음료가 와도 살얼음 낀 잔에 담긴 생맥주의 청량함은 절대 못 이긴다. 사시사철 더운 브리즈번의 날씨를 버틸 수 있었던 것도 맥주 덕이었다.

그런데 호주에서는 여자가 맥주를 마신다고 하면 갸우뚱한다. 특히 야외 바비큐 같은 가벼운 자리가 아닌, 잘 차려입고 나간 파티나 클럽에서 맥주를 주문하면 같은 무리 여자친구들이 대놓고 핀잔을 줄 정도다. '보통 여자들'은 이런 자리에서 알록달록 색깔이 예쁜 칵테일을 마시거나 단맛이 도는 화이트와인, 샴페인을 마신다. 하지만 술이나 커피에서 단맛이 나는 것은 질색하는 나는 주변 반응에 개의치 않고 맥주 사랑을 시전했다.

라이언과 첫 데이트 장소는 일식당이었다. 동양사람인 나를 배려해 라이언이 선택한 식당이었다. 우리나라와 계절이 반대인 호주의 12월은 푹푹 찌는 한여름이다. 하루 종일 카페에서 동동거리며 일하다가 급하게 준비하고 나온 터라 내 갈증은 최고조에 다다랐다. 웨이트리스가 와서 주문을 받았고, 음료를 먼저 가져다준다고 했다.

나는 코로나 맥주를 시켰다. 레몬이나 라임 웨지를 맥주병 입구에 꽂아주는 게 정말 맛있었다. 어릴 때 '아이셔 사탕'을 참 좋아했는데 그 아이셔 사탕을 맥주화한 것 같았다. 내가 코로나를 시키자 라이언도 같은 걸 시켰다.

시원한 코로나 맥주에 상큼한 라임맛이 어우러져 온종일 묵힌 갈증을 일순간에 녹여주었다. 첫 데이트라 자기소개를 몇 분 했을 뿐인데 벌써 내 맥주가 바닥이 났다. 그때 라이언은 겨우 두 모금 마신 상태였다. 첫 데이트라 내숭을 좀 떨었어야 했는데 갈증이 너무 나서 K-원샷 본능에 충실해 버렸다. 라이언은 코로나를 한 병 더 시켜주며 코로나가 참 나이스한 맥주라고 칭찬했다.

나중에 들은 이야기로는 라이언은 내가 그 작은 눈코입으로 맥주를 코끼리처럼 흡입하는 게 너무 멋있었다고 한다. 다음날 출근해서 회사 동료들에게 어제 자기가 미스코리아랑 저녁을 먹었는데, 미스코리아가 나보다 맥주를 빨리 마셨다고 하자 동료들이 거짓말하지 말라며 아무도 믿지 않았다고 했다.

내 회사 동료들과 여자친구들은 내가 맥주를 시킬 때마다 핀잔을 줬는데 라이언은 내가 맥주를 좋아하고 빨리 마신다는 것을 매우 자랑스러워했다. 다들 이상하게 보던데 왜 좋으냐고 물어보았더니 그가 대답했다.

"특별해 보여."

그때처럼 내 다리털도 그저 특별하게 봐주면 내가 덜 귀

찮을 텐데. 털도 맥주처럼 '전형적인 여성성'에 위배되는 것
은 매한가지인데 내 맥주 사랑과 다리털이 같은 취급을 받
을 수는 없는 모양이다.

첫 데이트부터 맥주를 좋아한다는 공통점을 발견하고
어딜 가나 우리 식사의 애피타이저는 맥주였다. 라이언이
제일 좋아하는 맥주는 '크라운 라거'라는 호주 맥주였는데
프리미엄 라인이라 수입 맥주보다 가격이 비쌌다.

호주는 크리스마스 즈음이 되면 대부분의 회사가 한 달
정도 문을 닫는다. 한 달 휴가라니! 한국이라면 어림도 없지
만, 똘똘 뭉쳐 다 같이 일을 안 하니 가능한 일이다. 대부분
은 한여름의 크리스마스를 즐기러 바다를 찾아 떠난다. 도
시 전체가 조용해진 탓에 라이언의 택배 회사도 반나절만
일했고, 우리 카페도 일찍 마감했다. 다음날 출근 걱정도 없
는 마음 편한 어느 금요일이었다.

3시 즈음 나를 데리러 온 라이언이 택배 차 짐칸에 실린
크라운 라거 한 박스를 의기양양하게 보여주었다. 크라운
라거가 반값 할인 행사를 해서 한 박스나 샀다며 오늘 메뉴

는 '피맥(피자와 맥주)'으로 정했다고 했다. 맥주 조합의 정석은 치맥이라고 생각하지만, 호주에는 치맥이 없으니 아쉬운 대로 피맥도 좋았다.

라이언 집에 도착하자마자 각자 맥주를 땄다. 목만 축이고 좀 쉬다가 저녁으로 피자를 포장해올 계획이었다. 그런데 한번 열린 맥주 댐의 수문을 다시 닫을 수가 없었다. 4시즘부터 둘 다 옷도 갈아입지 않고 유니폼을 입은 채로 식탁에 앉아 맥주를 마시며 이야기하기 시작했다.

사회성이 결여된 아스퍼거들도 연인이나 가족같이 편한 사이에서는 대화도 잘하고 농담도 잘 주고받는다. 그래도 라이언은 워낙 점잖은 성격이라 평소에는 내가 말을 더 많이 하는 편이었는데 이날은 반대였다. 알코올이 어느 정도 들어가자 라이언은 놀라울 정도로 수다쟁이가 되었다. 입에 모터를 단 듯 온갖 주제로 끊기지 않는 이야기를 이어갔다. 테니스선수 시절 유럽 전역 투어 이야기부터 학창 시절, 심지어 4~5살 때까지. 자신의 기억력이 미치는 한도 내의 모든 인생 서사를 식탁 위에 펼쳐놓았다.

라이언 차려놓은 수다성찬에 피자는 시킬 생각도 못 했다. 나라와 문화가 다른 삶을 살아왔는 데도 공감되는 부분들이 어찌나 많은지 깔깔거리며 이야기를 이어가다 보니 어느새 맥주 한 박스, 24병이 모두 동나 있었다. 호주 여름의 해는 여전히 중천에 떠 있고, 남들은 이제 막 저녁 식사를 시작할 7시 즈음, 우리 둘은 만취해버렸다.

빈속에 맥주를 12병씩 마신 터라 라이언도 취한 듯 보였다. 이 이야기, 저 이야기하던 그는 부모님 이야기를 하면서 자신은 못난 아들이고, 대역죄인이라며 울기까지 했다. 만취한 와중에도 그 장면은 왠지 놓치면 안 될 것 같다는 생각이 들어서 디지털카메라로 동영상을 찍어놓았다.

지금까지 18년을 라이언과 함께했는데 그가 우는 모습을 본 건 다섯 손가락 안에 든다. 피맛 샌드위치 사건 때가 처음이었고, 그다음은 첫 아이 초음파 사진을 처음 봤을 때와 첫 아이 출산 때처럼 큰 사건이 있었을 때였다. 별일도 없는데 눈물까지 보이며 감정표현을 한 건 이날 술주정 때가 유일하다. 밖으로 감정표현을 하지 않는 아스퍼거 남자의 눈물은 귀한 것인데, 알코올의 위력이 대단했다.

아스피들은 예상하지 못한 순간을 맞이하면 당황하게 되고 생각이 정지되어 말문이 막힌다. 돌발상황이라는 것은 일반적으로 생각하는 천재지변이나 대형 사건사고도 포함되지만, 여느 사람들에게는 대수롭지 않은 다양한 대인관계 상황들도 아스피들에게는 돌발상황으로 인식된다. 별로 친하지 않은 회사 동료나 아내의 친구처럼 얼굴은 알지만 완전히 편하지 않은 사이의 사람들과 대화하는 데에도 엄청난 에너지를 소모한다. 가볍게 날씨 이야기를 하거나 주말에 무엇을 했는지 묻는 안부 정도의 대화에도 그들은 곤란함을 느낄 때가 많다. 상대의 질문이 무엇을 의미하는지 파악하기 어렵기 때문에 당황하게 되고 당황하면 생각이 멈춰버려서 무반응을 하거나 동문서답을 하게 된다. 상대가 황당한 반응을 보이면 아스피들은 더욱 긴장하고 상황은 빠르게 나빠진다.

매일 자연스럽게 벌어지는 수많은 상호작용 상황에서 아스피들은 크고 작은 공황상태를 겪는다. 호흡곤란이 와서 응급실에 실려 갈 정도로 극심한 증상은 아니지만, 극도의 두려움과 긴장으로 뇌가 정지된 것 같은 공황상태에 빠지곤 한다.

이런 반복적인 공황상태에서 탈출할 수 있게 도와주는 묘약이 약간의 술이다. 라이언은 알코올이 자신에게는 신경 이완제 역할이라고 했다. 가족이나 친구 외의 사람들과 모임이 있거나 회식 자리에 나갔을 때마다 라이언은 맥주 몇 잔을 마시고 나서야 한결 편하게 대화에 참여할 수 있었다.

평소에는 피하고만 싶던 문제들과 직면해야 하는 상황에서도 맥주 한 모금에 용기 한 모금씩을 얻었다. 내가 타이거 모드를 장착하고 무언가를 따져 물을 때, 라이언이 내 페이스에 말리지 않고 바로바로 되받아치려면 맥주 몇 잔을 미리 마셔야 한다. 약간의 알코올이 그의 불안과 긴장을 없애주어 놀라운 티키타카 능력을 장착시켜준다.

이제는 우리 사이의 공기가 무거울 때면 나부터 맥주의 힘을 빌린다. 예전처럼 맥주 한 박스를 다 마시지는 못하지만 "달링, 커피?"보다는 역시 "달링, 비어?"다. 아스퍼거 파트너의 입을 열고 싶다면 냉장고에 맥주부터 채워놓자.

거절은 거절합니다!
아스피의 거절공포증

아스퍼거 증후군을 가진 남자 아담과 이웃 여자 베스의 사랑 이야기를 그린 영화 『아담Adam』은 우리 부부의 이야기와 똑 닮았다.

영화 초반에 베스가 바퀴가 달린 무거운 손수레에 짐을 가득 실어 끙끙대며 아파트 입구 계단을 오르는 장면이 나온다. 계단에 앉아 컴퓨터를 하고 있던 아담은 베스와 가볍게 인사한다. 그는 베스가 무거운 짐을 나르는 상황을 봤으면서도 자기가 하던 일에만 열중한다. 이런 상황에서는 처음 보는 사이라도 도와주기 마련이다. 그런데 심지어 구면인 아담이 자신을 모른 척하니 베스는 황당해한다. 실제로 이런 경우 때문에 아스퍼거 증후군을 가진 사람들은 배려심이 없는 사람, 무심한 사람, 눈치 없는 사람으로 인식되곤 한다.

라이언과 같이 영화를 보다가 내가 말했다.

"너는 저 정도는 아니지 않아? 너는 항상 다른 사람들을 도와주잖아. 심지어 너무 도와줘서 탈인데."

"나도 옛날엔 저랬어."

"진짜? 왜?"

"거절당하는 게 두려웠어. 나는 좋은 의도로 다른 사람들을 도와주려고 한 건데 거절당하면 그게 너무 상처가 돼."

"상처 입을 게 두려워서 아예 아무것도 하지 않는다고?"

"거절당하고 상처받는 거보다 차라리 아무것도 안 하는 게 나아. 거절공포증이지."

"그런데 이제는 잘 도와주잖아. 어떻게 바뀌게 된 거야?"

"부모님이나 학교에서 어떻게 하라고 가르쳐 주잖아. 처음에는 실천하는 게 엄청 힘들었지. 그런데 여러 번 경험하면서 사람들이 나한테 고마워한다는 걸 알게 되니까 점점 나아진 거 같아."

첫눈에 홀딱 반했다면서 데이트 신청을 하는 데에는 3개월이나 걸린 것이 이제야 이해가 되었다. "생각해 볼게요"라며 한 번 튕겨본 것이 그에게는 얼마나 큰 상처로 다가왔을지도 느껴져 미안함이 몰려왔다.

아스퍼거 증후군에 대해 모르면 앞으로도 의도치 않게 그에게 상처 주는 일이 생길 것 같았다. 나는 관심 분야가 생기면 한동안 그 주제에 대한 정보를 닥치는 대로 수집하는 경향이 있다. 이즈음 아스퍼거 증후군에 대한 책, 영화, 다큐멘터리 등을 되는대로 다 찾아본 것 같다. 아스퍼거 증후군에 대해 알면 알수록 이 남자의 미스터리한 행동들이 하나씩 이해되었다. 내가 보고 들은 정보에 대해 그와 함께 이야기 나누는 것도 재미있었다.

한 번은 아스퍼거에 대한 다큐멘터리를 보게 됐다. 아스퍼거 증후군을 가진 여고생의 일상을 취재한 내용이었다.

이 소녀는 아스퍼거 증후군으로 인해 엄마 외 어느 누구와도 대인관계를 원만하게 이루지 못했다. 학교에 친구가 한 명도 없는 것은 당연하고, 심지어 딸의 특이한 행동을 받아들이지 못하는 아버지와도 갈등을 겪고 있었다.

카메라는 이 소녀의 학교 생활을 담았다. 점심시간이 되자 학생들이 삼삼오오 무리를 지어 도시락을 먹었다. 학생들이 왁자지껄 떠들기 시작했다. 그러나 주인공 여학생은 혼자 조용히 자기 자리에서 도시락 가방을 열었다. 그런데 이 여학생이 밥을 먹지 않고 갑자기 이상 행동을 보이기 시작했다. 자리에서 일어나 중얼중얼 대며 2미터 정도 되는 거리를 계속 왔다 갔다 서성이는 것이다. 카메라가 그런 모습을 계속 찍고 있는데도 아랑곳하지 않고 이상 행동을 지속했다.

보다 못한 같은 반 아이 하나가 소녀 곁에 다가가 물었다.

"왜 그래? 왜 밥도 안 먹고 이러고 있어?"

이 소녀는 왜 밥을 못 먹고 있었을까?

"숟가락……, 숟가락, 숟가락이 없어서……. 엄마가 안 넣어줘서……. 숟가락, 숟가락……."

"아, 숟가락을 안 가져왔구나? 내 숟가락 빌려줄까? 난 젓가락으로 먹으면 돼."

"어, 어."

소녀가 고맙다는 인사를 했는지는 기억이 나지 않는다. 소녀는 친구가 빌려준 숟가락으로 무사히 점심 식사를 마쳤다. 카메라맨이 따로 소녀를 인터뷰했다.

"같은 반 친구에게 숟가락 빌려달라고 하는 게 그렇게 힘들었어요?"

"네."

"그게 왜 그렇게 힘들었어요?"

"거절할까 봐. 친구가 싫다고 할까 봐."

숟가락은 대부분 젓가락과 세트다. 그러니 숟가락을 빌린다고 해도 상대가 밥을 아예 못 먹게 되는 것은 아니다. 급우 사이면 그 정도 도움은 당연히 주고받을 수 있다. 그런데 아스퍼거 증후군을 가진 소녀에게는 숟가락 빌려달라는 부탁이 그렇게나 힘들었나 보다. 10년도 전에 본 다큐멘터리 속 소녀의 모습이 아직도 선명하게 뇌리에 남아 있다.

다큐멘터리를 보고 라이언에게 물어보았다.

"라이언, 만약에 네가 고등학생이야. 점심시간에 도시락을 열었어. 샌드위치 같은 게 아니라 파스타처럼 반드시 수저가 있어야 먹을 수 있는 음식이 들어 있어. 그런데 깜빡하고 수저를 안 챙겨온 거야. 다른 친구들도 다 비슷한 음식을 싸와서 잘 먹고 있는 상황이야. 너라면 어떡할 거야?"

"고등학생 때라고? 점심 안 먹지. 그날은 밥 못 먹는 거야."

그는 고등학생 때라는 말에 민감하게 반응했다. 외로웠을 학교생활이 짐작되어서 마음이 아팠다.

"왜? 왜 밥을 안 먹어? 친구들도 다 파스타 먹고 있다니까. 친구들한테 숟가락이라도 빌릴 수는 없는 거야?"

"나는 못 물어봐. 점심을 안 먹고 말지. 하이스쿨 때라며.

그때는 더 어렸을 땐데……. 남들한테 그런 거 못 물어봐. 거절당할까 봐. 거절당하면 상처받게 되잖아."

지금이라면 물어볼 것도 같지만 고등학생 때라면 어림도 없다며 무조건 밥을 안 먹었을 거라고 확신했다. 아스퍼거 증후군을 가진 사람들이 느끼는 거절에 대한 두려움은 내 상상을 초월할 정도였다. 무언가 도전하고 행동해야 하는 순간에 그들을 가로막는 것은 바로 거절에 대한 극한 공포였다.

나는 혼란스러웠다. 라이언은 아담처럼 처음 보는 사람에게 자기가 하고 싶은 말만 늘어놓는 사람도 아니고, 여자 친구와 데이트 중에 "나는 지금 성적으로 흥분되어 있어. 너도 그러니?"라는 괴상한 말도 하지 않는다. 곤경에 처한 사람을 보면 자기 일을 미루면서까지 친절하게 도와주는 젠틀맨이다. 게다가 마음에 드는 카페 아르바이트생에게 데이트 신청까지 한 용기 있는 상남자다.

내 눈에는 영화 속 아담이나 다큐멘터리에 나온 소녀는 라이언과는 다른 중증 아스퍼거 증후군의 극단적인 사례로 보였다. 하지만 라이언은 자신이 그들과 똑같다고 말했다.

우리가 처음 만났을 때 라이언은 27살이었다. 요즘 한국에서 27살 남자라면 군대 다녀와서 아직 대학교에 다니고 있거나 취업을 준비할 나이라 인생의 경험치가 높지 않다. 반면 라이언은 고등학교를 졸업하자마자 혼자 프랑스로 건너가 프로 테니스 선수로 활동했다. 말도 통하지 않는 곳에서 계속 처음 보는 사람들을 만나고, 유럽 전역으로 거듭 이동하는 상황이었다. 아스퍼거 증후군을 앓고 있는 만 17세 소년이 그런 환경에서 가족도 없이 수년간 살아내는 일은 여간 힘든 게 아니었을 것이다.

거절이 무엇보다 두려운 사람이었지만 거절의 공포에 정면으로 맞서야만 생존할 수 있는 상황을 수없이 맞이하며 자신만의 생존법을 터득했다. 말을 많이 했을 때 상대에게 좋은 반응을 이끌어내지 못한 경험이 쌓여 실수할 바에야 차라리 입을 닫고 과묵한 사람이 되기로 했다.

도움을 제안했는데 혹여 상대가 싫다고 할 것이 두려워 가만히만 있었던 경험들은 싹수없고 배려할 줄 모르는 사람이라는 비난으로 돌아왔다. 억울한 마음에 용기를 내어 사람들에게 도움이 필요하냐고 몇 번 물어보았더니 상대가 거절하지도 않았고 오히려 고마워하고 칭찬해 주었다. 그렇게 계속 용기냈더니 이제는 어딜 가나 남들을 챙기다 보니 젠틀맨 소리까지 듣게 되었다.

이렇듯 라이언은 거절이 두려워 놓친 기회가 많았고 늘 그 일들을 아쉬워하고 있었다. 내게 처음 말을 걸었을 때에도 그는 엄청나게 떨고 있었다. 그러나 놓치고 싶지 않았다. 그는 100일에 걸쳐 매일 밤 욕실 거울 앞에서 내게 할 말을 연습했다.

라이언은 대화할 때 눈 맞춤을 하지 않아 무례하다는 비난을 많이 들어왔기 때문에 중요한 이야기는 이동할 때 차안에서 한다. 차에서 대화할 때는 말하는 사람과 듣는 사람이 나란히 앉아 전방을 주시한다. 때문에 아무도 눈 맞춤에 대해 지적하지 않아 라이언이 편안함을 느낄 수 있다.

또, 라이언은 깜깜한 밤을 맞이한 마운틴 쿠사에서 야경을 바라보며 사랑 고백을 했다. 그에게 있어 고백처럼 중요하고 떨리는 이야기를 상대와 눈 맞추고 하는 것은 불가능하다. 마운틴 쿠사처럼 피할 길을 찾을 수 없을 때는 맥주 몇 캔이 도움을 준다. 알코올이 좀 들어가면 말싸움에 져 본 적이 없다는 '타이거 모니카'도 똑바로 마주보고 대적할 용기가 생긴다.

아담과 다큐멘터리 소녀와 같은 아스퍼거 증후군을 갖고 있지만 라이언은 사회에서, 직장에서, 가정에서 많은 사람들과 섞여 살아가고 있다.

물론 거절을 거절하는 것은 여전하다. 하지만 거절당하는 상황을 맞닥뜨린다고 해도 어릴 때처럼 마음속에 피가 줄줄 흐르지는 않는다. 이제는 정서적 맷집을 길렀기 때문이다.

아스퍼거 증후군은 시술을 받거나 약을 먹는다고 해서 짠! 하고 치료되는 병이 아니다. 살아가면서 다양한 경험을 통해 본인만의 노하우를 체득해야 타고나지 못한 사회성을 조금씩 기를 수 있다. 꾸준한 훈련과 학습, 주변인들의 도움이 있다면 아스파거 증후군이 있어도 괜찮다.

그는

내 자존감이다

내 생애 자존감이 가장 낮았던 시절은 대학교 4학년 졸업식을 앞둔 무렵이었다. 취업이 결정되지 않은 상태로 졸업식에 참석하는 것이 죽기보다 싫었다. 극도로 우울하고 무기력한 내 정신상태를 고향에서 올라온 부모님께 들키고 싶지 않았다. 졸업가운을 입은 내 모습이 마대 자루에 둘둘 감긴 대형 폐기물처럼 보일 것 같아 두려웠다. 졸업가운을 태가 나게 입을 자격은 취업에 성공해야 생긴다고 믿었다.

습관적으로 구직 사이트에 접속해 서울, 수도권 지역 기업에 온라인 원서를 내고 탈락 연락 받기를 반복하던 그때, 나의 자존감은 바닥을 치고 있었다. '안타깝게도 귀하는 이번 채용에 불합격하셨습니다'로 시작되는 이메일을 하루에 몇 통씩 받으니 나 자신이 쓸모없는 사람처럼 느껴졌다.

매일 아침, 사람들은 지옥철과 만원 버스를 꽉꽉 채우며 출근하는데. 저렇게 많은 사람이 일하러 가는데. 나는 못난 인간인가? 평범한 일상에 끼지 못하는 스스로가 한심했다. 탈락 이메일을 받을 때마다 그 기업에서 '우리는 너 같은 사람 필요로 하지 않아. 너는 이 일을 제대로 해내지 못 할 거야'라고 내 쓰임과 능력을 부정하는 것처럼 느껴졌다.

'쓸모없는 존재'라는 느낌은 자존감을 추락시킨다. 이 세상에서 나라는 인간이 쓰일 곳이 있다면, 그 일이 무슨 일이든 내 존재 가치가 증명된다. '내일 당장 내가 사라진다면?'이라는 상상을 했을 때 떠오르는 것들이 많아야 삶을 지탱할 수 있다. 눈에 밟히는 것이 많다는 것은 그만큼 이 세상에 나의 쓰임이 많다는 반증이다.

하다못해 매일 아침 밥을 챙겨주는 길고양이라도 떠올라야 '내가 죽으면 그 고양이는 배를 곯을 텐데'라며 세상을 향한 여지가 생긴다. 이렇게라도 내 쓰임을 인정받아야 바닥 친 자존감이 아예 말라 증발하는 것을 막을 수 있다.

연애 초기, 호주에 살던 시절, 라이언이 나에게 "네 곁에 있으면 더 자신감이 생겨"라고 말한 적이 있다. 나는 그저 대기석에 앉아 있을 뿐인데도 그는 카센터에 가거나 관공서에 갈 때 꼭 나를 데려갔다. 심심해서 그런가? 한창 콩깍지가 씌여 같이 있고 싶어서 그런가? 이유가 궁금했다. 그때 그가 한 대답이 "네 곁에 있으면 더 자신감이 생겨"였다.

지나가듯 던진 그 말이 왜 20년 가까이 내 마음속에 콱 박혀 있을까? 그 말은 내가 라이언에게 어떤 사람인지 명확히 알려줬기 때문이다. 내 존재 자체가 그에게 자신감이 된다니. 그의 곁에 있으면 나는 숨만 쉬어도 내 존재 가치를 인정받는 셈이다.

누군가에게 꼭 필요한 존재가 된다는 것의 의미에 대해 생각해 본다. 영화 『아담』에서 주인공 아담은 원래 살던 곳이 아닌 다른 도시에 좋은 일자리를 구한다. 아담은 베스에게 함께 새로운 도시로 이사 가자고 제안한다. 베스는 그를 사랑하는 마음에 처음에는 흔쾌히 제안을 수락하지만, 시간이 갈수록 고민에 빠진다. 가족의 반대와 아스퍼거 증후군을 앓고 있는 아담과의 연애에서 겪는 크고 작은 갈등 때문이었다. 자신이 내린 결정에 대해서 스스로 확신을 갖지 못한 탓이다. 아담이 자신에게 확신을 줬으면 하는 바람으로 베스는 그에게 묻는다.

"왜 내가 당신을 따라가야 하나요?"

아담은 그에 "나는 당신이 필요하니까요"라고 답하고 베스는 절망한다. "당신을 사랑하니까요"라고 대답했다면 베스는 모든 고민을 뒤로하고 그를 따라나섰을 것이다. 아담의 그 대답은 아스퍼거 증후군을 앓고 있는 상대와의 관계에 애정만으로는 뛰어넘을 수 없는 소통의 벽이 있음을 실감하게 했다.

그런데 아담이 정말 베스를 이용할 목적으로 함께 떠나자고 했을까? 절대로 아니라고 확신한다. 상호작용 능력이 결여된 채 태어난 아담이 면접을 보고, 취직하고, 주변인들에게 민폐를 끼치지 않는 일상을 영위하는 데 베스가 가르쳐준 수많은 소통법과 상식이 반드시 필요한 것은 맞다. 하지만 모든 걸 떠나 아담은 베스를 정말 사랑했다. 문제는 아담이 아무리 넘치게 사랑해도 그 감정을 언어로 표현하는 능력이 결여된 사람이라는 점이다. 아담에게 있어 베스가 '필요하다'는 것은 팩트이기 때문에 아스퍼거 증후군을 가진 아담도 그 내용을 쉽게 말로 표현하고 전달할 수 있다. 반면에 감정과 관련된 내용은 그것이 무엇이고 얼마나 진심이든 자연스럽게 언어로 표현하는 것은 불가능하다.

베스가 이를 모르는 바는 아니었다. 베스도 그 순간 아담이 하고자 하는 말은 "I love you"였지만 "I need you"라고 말할 수밖에 없었다는 걸 잘 알고 있었을 것이다. 하지만 그 순간 그 대답은 베스가 아담을 선택했을 때 평생 감수하고 살아야 할 결핍을 상징했고, 그녀를 선택의 기로로 몰았다.

누구나 내 연인이 나를 사랑한다는 것을 알면서도 끊임없이 확인받고 싶어 한다. 함께한 시간이 길더라도 순간 관계에 대한 확신이 흔들릴 때면 상대가 나를 굳건히 잡아주기를 원한다. 항상 씩씩한 여자 대장부라서 일상의 대소사를 독립적으로 챙기는 스타일이어도 가끔은 내 연인에게 기대고 싶은 욕구가 든다. 그 순간 베스는 아담을 선택했을 때 포기해야 할 것들에 대해서 생각했을 것이다.

이후 아담은 베스의 직장을 찾아가 유치원 교사인 베스와 아이들이 놀이터에서 놀고 있는 모습을 높은 울타리 너머로 한참 동안 지켜본다. 그러나 경찰은 어린아이들을 응시하고 있는 아담을 소아성애자로 오해하고 현장에서 체포해버린다. 당황하면 공황상태에 빠지고 뇌 정지 상태가 오는 아스퍼거 증후군의 특성 때문에 아담은 자기변호를 위한 말 한 마디 못한 채 경찰에게 끌려갈 처지에 놓인다.

　　다행히 베스가 이 상황을 목격하고 달려와 경찰에게 아담의 신원을 확인해 주고 소아성애자가 아니라고 대변해 준다. 철장을 사이에 두고 둘이 마주하고 있는 이 장면은 베스가 사는 '일반적인 세상'과 아담이 사는 '그만의 세상'이 명확히 분리되어 있음을 시사한다. 베스는 자신이 사는 세상으로 아담이 넘어올 수 있도록 아담을 가르치고 도와준다. 아담이 과연 높디높은 철장 울타리를 넘어 베스가 사는 세상으로 넘어갈 수 있을지를 지켜보는 것이 영화의 관전 포인트다.

　　아스퍼거 증후군을 가진 사람을 인생의 반려자로 삼는

다면 반드시 포기해야 할 부분이 있다. 하지만 나는 나에게 주어진 쓰임을 더 크게 바라보았다. 세상이 라이언의 말을 들어주지 않고 곡해할 때, 내 목소리는 세상의 언어로 그의 말을 재생산할 수 있다. 아스퍼거 증후군이라는 프레임에 갇혀 단절된 그를 이 세상과 다시 연결해 주는 역할이 내 존재의 쓸모로 주어졌다고 생각한다. 그와 함께하는 한 나는 쓸모 있는 존재가 될 것이다. 세상에 필요한 존재라는 인식은 자존감을 높여준다. 내가 그를 도와주고 있는 것 같지만 사실 그가 나에게 기여하는 바가 더 크다.

겉으로는 센 척하지만, 속으로는 끊임없이 의심하고 자책하기를 반복하는 나에게, 내가 곁에서 숨만 쉬어도 힘이 된다는 반려자의 무한한 사랑과 응원은 커다란 힘이 된다. 결핍을 실천과 행동으로 채우려고 부단히 애쓰는 내 삶에 있어 조건 없는 그의 사랑과 응원, 지지는 내 성장의 원동력이 되어 준다.

그는 내 자존감이다.

너는 사람이 말을 하는데
왜 딴 데를 봐?

어학연수를 마치고 한국에 돌아와 대학교를 졸업하고 회사생활을 하면서 라이언과 장거리 연애를 이어갔다. 2년 동안 1년에 딱 한 번씩 만났는데 매번 라이언이 크리스마스 기간에 한국으로 휴가를 올 때였다. 꿈같은 열흘을 보내고 나면 인천공항에서 온갖 신파극을 찍으며 눈물로 이별했다.

계절이 반대인 호주에서 온 라이언은 한겨울 인천공항에 내릴 때도 늘 반팔 티셔츠 차림이었다. 덕분에 나는 곰만큼 거대한 사이즈의 털 달린 롱패딩 점퍼를 들고 있다가 입국장에 라이언이 나타나면 달려가 제일 먼저 점퍼부터 입혀주었다. 라이언은 열흘 동안 제 가죽인 양 이 점퍼만 입고 다녔다.

한국을 떠날 때면 그는 한국에서 기른 허물을 벗어내듯

점퍼를 벗어 나에게 주고 게이트 안으로 들어갔다. 인천공항은 게이트 안쪽과 바깥쪽 사이를 불투명 강화유리로 갈라 놓았다. 한 공간에 있지만 더 이상 서로를 만질 수도, 가까이 볼 수도 없었다.

강화유리 벽에는 군데군데 5mm 간격으로 불투명 처리가 되지 않은 틈이 있다. 인천공항에 가면 항상 이 틈 사이로 게이트 안쪽을 바라보며 쪼그리고 앉아 우는 사람들을 볼 수 있다. 유학 가는 자식을 배웅하는 엄마도 있고, 우리처럼 장거리 연애 중인 연인도 있다. 우느라 흐려진 눈에, 좁디좁은 틈 사이로는 라이언의 모습이 잘 보이지도 않지만, 스캐닝 절차를 마치고 라이언이 완전히 사라질 때까지 그 자리에 쪼그리고 앉아 있곤 했다.

혼자 공항버스를 타고 집에 오는 길에는 따뜻한 호주 땅으로 돌아가기 위해 털갈이하듯 벗어놓고 간 라이언의 패딩 점퍼에 얼굴을 파묻고 질질 짰다. 라이언도 서양인 특유의 땀 냄새가 있어 항상 향이 강한 데오드란트를 사용하는데, 점퍼에 그 냄새가 남아 있다. 지금은 데오드란트 향이 거북해서 수건도 같이 안 쓰는데 그때는 라이언이 쓰던 데오드란트 냄새가 없어질 때까지 며칠씩 점퍼를 붙들고 울었다.
사랑의 콩깍지는 후각까지 마비시킨다.

한국에서 두 번째 크리스마스를 보내고 돌아간 라이언
은 이듬해 2월에 호주에서 하던 택배 사업을 모두 접고 고려
대학교 어학당에 등록해 학생 비자로 한국에 들어왔다.

당시 나는 기업에서 호주인 임원의 비서로 일하고 있었
다. 내가 모시던 부사장님은 나에게 호랑이처럼 무서운 보
스이기도 했지만, 일 외적인 면에서는 스승이자 아버지 같
았던 분이셨다. 우리 커플의 이야기도 소상히 알고 계셨기
에 라이언이 휴가차 한국을 방문할 때마다 인사도 드렸고,
함께 식사를 하기도 했다. 라이언과 부사장님 둘 다 호주 출
신이라 서로를 반가워했다. 타지에서 만나는 고향 사람이니
서로 더 쉽게 친해진 것 같다.

드디어 라이언이 장기계획으로 한국에 입국한 것에 대
해 누구보다 부사장님이 기뻐하셨다. 감사하게도 축하 자리
를 마련해 주셔서 식사하고 집에 돌아가는 길이었다.

"달링은 이제 부사장님이 정말 편한가 봐?"

"응? 무슨 말이야?"

"부사장님이랑 눈을 마주치고 이야기하던데? 부사장님 뒤에 있는 벽지를 보는 게 아니라 찐 아이콘택트를 하더라고."

"응, 그렇지. 부사장님은 자주 뵈어서 그런지 이제는 정말 편해."

3년 넘게 사귀면서 그의 특징들을 간파한 나였다. 라이언이 처음 보는 사람이나 친하지 않은 사람과 대화하는 걸 보면 겉으로는 별 다를 것이 없다. 하지만 자세히 살펴보면 라이언은 상대방의 눈을 보는 것이 아니라 상대방의 귀나, 상대방 머리 뒤에 있는 장식품, 벽지 문양 같은 것을 응시하며 이야기한다.

내 친구를 처음 소개해 준 날은 친구 자리 바로 옆 벽에 붙어 있는 소주 광고의 소주병을 3초 정도 응시했다가 내 쪽으로 시선을 돌리는 것을 반복하며 대화를 이어나갔다. 부사장님을 처음 뵈었을 때는 부사장님 뒤에 있던 장식장의 촛

대 꼭지를 쳐다보고 있었다. 서당 개 3년이면 풍월을 읊는다고, 아스퍼거 남자친구를 3년 사귀었더니 그런 것이 보이기 시작했다.

아스퍼거 증후군을 가진 사람들은 선천적으로 뇌의 신경회로에 문제를 갖고 태어나 사회적 상호작용과 사회적 관계를 맺는 데 어려움을 겪는다.

눈 맞춤을 못 하는 것도 아스퍼거 증후군의 특징 중 하나로, 이 때문에 아스피들은 평생 다양한 오해를 받는다. 대화 중에 상대방에게 시선을 주지 않으니 상대방은 '이 사람이 내 이야기를 듣고 있는 건가?' 의문을 갖게 되고 무시당하는 느낌도 받는다.

특히 서양 문화권에서는 대화 중에 상대의 눈을 바로 보지 않는 것이 예의에 어긋나는 행동으로 여겨지기에 라이언은 어렸을 때 어딜 가나 어른들께 야단을 맞았다.

"너 지금 내 말 듣고 있는 거야?"

어린 라이언은 처음부터 끝까지 잘 듣고 있었는데 사람들이 왜 갑자기 화를 내는지 알 수 없었다. 수없이 잔소리를 듣고 갈등을 겪고 나서야 대화할 때는 상대방의 눈을 마주 봐야 한다는 것을 알게 되었다.

그러나 안다고 할 수 있는 것은 아니다. 아스퍼거 증후군을 가진 사람들은 눈 맞춤 능력이 결여된 채로 태어났다. 비장애인 입장에서는 눈 맞추는 것이 능력이라고 칭할 정도인가 의아하게 들릴 수도 있지만, 아스퍼거 증후군을 가진 사람들은 사람과 시선을 맞추는 것을 극도로 어려워한다.

사람을 아예 안 만나고 평생 혼자 살 수는 없는 노릇이기에 라이언은 생존법을 터득해야 했다. 라이언은 편하지 않은 사람과 대화할 때는 자신이 시선을 둘 목표 지점 한 군데를 미리 정해 놓는다. 대화 상대가 얼굴에 점이나 피어싱 같은 특징을 가진 사람이면 구세주가 따로 없다. 대화 내내 상대방 볼에 있는 점에 시선을 두면 감쪽같기 때문이다.

아쉽게도 얼굴에 특징점이 없는 사람이라면 재빨리 다른 목표물을 찾아야 한다. 얼굴에 점 하나 없는 백옥 피부를 가진 테니스 코치님과의 대화는 참 곤란하다. 이런 경우 코치님이 매고 있는 가방 끈에 붙어 있는 상표 라벨을 타깃으로 정한다. 비스듬한 자세로 서 있는 코치님과의 대화 중에 그 라벨에 시선을 두면 "너는 사람이 말을 하는데 왜 딴 데 쳐다보고 있냐"고 야단맞는 일을 피할 수 있다.

대인관계를 힘들어하는 것을 뻔히 알기에 라이언을 친구들 모임에 데리고 가거나 더블 데이트를 하는 것은 자연스레 포기하게 되었다. 사회성이 없을수록 더 자주 사람들과 어울려야 한다며 닦달하는 것은 아스퍼거 증후군을 가진 사람들에게 고문일 수 있다.

태어나기를 왼손잡이로 태어난 사람에게 오른손 사용을 강요하면 피나는 연습과 훈련을 통해서 오른손 사용이 가능하게 만들 수는 있다. 하지만 하라니까 하는 것일 뿐이지 오른손을 쓰는 것이 정말 더 편해서 오른손을 쓰는 것은 아니다. '자꾸 해봐야 늘지'라는 일방적인 생각은 누군가에게 폭력이 될 수 있다.

다행스럽게도 나와 제일 친한 친구의 남자친구가 마침

고려대학교 대학원에 다니고 있었다. 그 오빠는 라이언과 동갑인데다 넉살 좋은 성격이라 처음부터 라이언을 잘 챙겨주었다. 학교 투어도 시켜주고, 주변 맛집에서 소주도 몇 잔 같이 하더니 어느 순간부터 라이언이 그 오빠와 아이콘택트를 하기 시작했다.

아스퍼거 증후군을 가졌다고 해서 아예 친구가 없거나 대인관계를 맺지 못하고 사는 것은 아니다. 가족만큼 편한 사람이 생기면 그들과는 자연스럽게 눈을 마주칠 수 있고 농담도 주고받을 수 있다.

라이언이 워낙 어딜 가서 말을 하지 않으니 주변 사람들이 라이언은 과묵하고 재미없는 사람이라고 생각한다. 하지만 그는 웃음에 인색한 나를 빵빵 터지게 하는 유머 감각을 가졌다.

감정 기복이 심하고 항상 급해서 실수 연발인 나와는 달리 항상 차분하고 성격 좋은데 웃기기까지 한 그의 매력을 이 세상 극소수의 사람들만이 아는 것이 안타깝다. 라이언이 아스퍼거 증후군을 타고나지 않았다면 소위 말하는 '인싸 중의 인싸'가 되었을 거다. 아스퍼거 증후군이라는 프레임에 갇혀 제한적인 삶을 사는 게 아까운 마음이 들기도 하지만, 아스퍼거 증후군이 그를 한 꺼풀 가려놓은 덕분에 내 눈에만 그가 발견된 건 감사하게 여겨지도 한다.

인싸가 아니면 어떠랴! MBTI E인 나지만 나이가 들수록 곁에 남는 사람들의 숫자는 손가락에 꼽는 정도이다. 따지고 보면 라이언이 편하게 아이콘택트할 수 있는 사람들의 숫자나 내가 진심으로 마음을 나눌 수 있는 사람들의 숫자나 비슷할지도 모르겠다.

아스퍼거 남자친구와 결혼해도 될까요?

TV를 보면 결혼을 결심한 로맨틱한 순간에 대해 이야기하는 연예인들이 많던데 우리 커플은 지극히 현실적인 이유로 혼인신고부터 했다.

고려대학교 어학당에 두 학기를 등록하여 딱 재학 기간만큼의 학생 비자로 입국한 라이언의 비자 만료 시점이 다가왔다. 특별히 공부에 뜻이 있는 것도 아니고 자금 사정도 뻔한데 마냥 학생 신분으로 살게 내버려 둘 순 없었다. 호주에서의 안정적인 삶을 모두 버리고 낯선 나라로 날아온 그가 원하는 것은 너무나 명백했다. 답은 정해져 있는데 나만 결단을 내리지 못해 미적대고 있었다.

대부분의 20대 커플은 결혼 생각은 나중으로 미루고 일단 만나보는데, 우리 커플은 만나보려면 당장 결혼부터 해야 했다. 지척에서 서로 얼굴을 보고 지내려면 라이언의 한국 거주 문제가 우선 해결돼야 하니 말이다. 사랑하는 마음이야 넘쳤지만, 결혼은 당시 스물여섯 살이던 나에게 너무나 큰 사건처럼 느껴졌다.

결혼은 서른 너머 일어날 막연한 일이며, 경제적, 정신적으로 안정된 상태에서 확신이 들 때 하는 거라고 생각했다. 1~2년 정도만 더 시간을 벌 수 있다면 좋겠는데 이역만리에서 날아온 사람에게 '나는 아직 어리고 결혼은 좀 천천히 생각해 보고 싶으니 다시 돌아가 줄래?'라고 말할 수도 없다. 혼란스러웠다.

라이언도 그즈음 속으로 엄청 답답했을 거다. 하지만 그가 먼저 비자 문제에 대해 말을 꺼내거나 혼인신고라는 옵션에 대해 언급한 적은 단 한 번도 없었다. 나에게 부담 주지 않으려 가만히 기다려준 것도 있지만, 거절을 극도로 두려워하는 아스퍼거 입장에선 이 이슈에 대해 이야기하는 것 자체가 힘들었을 것이다.

하지만 떠날 날짜는 다가오고 있었다. 비자 만료를 겨우 한 달 정도 앞두고 있던 어느 날이었다. 라이언이 봉급 봉투를 들고 왔다. 일을 하고 싶다길래 스타일로 '영어 테니스 레슨' 전단지를 만들어 주었다. 둘이서 고려대학교 주변을 돌며 전봇대란 전봇대에는 모두 전단지를 붙여놓았더니 정말로 몇 사람에게 연락이 왔다. 택배 사업을 하기 전에 그는 프로 테니스 선수로 활동한 경력이 있던 터라 주변 대학생들에게 영어로 테니스를 가르쳤고 레슨비로 50만 원을 받았다. 한국에서 처음으로 돈을 번 것이다.

어깨에 테니스 가방을 메고 한 손에는 흰 봉투를 꽉 쥔 채 땀을 뻘뻘 흘리며 카페에 들어온 그는 나를 보자마자 봉투를 건네주었다.

"너 가져."

호주에 있을 때는 라이언이 항상 데이트 비용을 냈다. 서양에서는 데이트 비용도 무조건 더치페이하는 거 아니냐며 나도 내겠다고 하자 학생이 무슨 돈이 있느냐며 항상 계산을 도맡았다. 이제는 라이언이 학생이니 내가 갚을 차례라서 한국에서의 데이트 비용은 내가 쓰고 있었는데 아무래도 그게 마음에 걸린 모양이었다. 겉으로 내색하지 않았지만, 경제적 독립을 중시하는 문화에서 자란 그가 나이 서른에 갑자기 학생 신분이 되고, 줄어드는 통장 잔고를 보고만 있어야 하는 상황 역시 힘들게 느껴졌던 것 같다.

이야, 이런 의미 있는 돈을 나에게 주는 거냐며 호들갑을 떨고 있는데 라이언이 혼자서 조용히 읊조렸다. 지나가듯 흘린 그의 혼잣말이 내 가슴에 와서 박혔다.

"휴……. 드디어 나도 돈을 벌었구나……."

라이언은 수치심을 느끼고 있었다. 그는 피치 못할 상황이라 해도 남자가 돈을 벌지 못하는 것을 부끄럽게 생각하는 사람이었다.

평생 일을 하다 말다, 돈을 벌다 말다 하며 어머니에게 의존해서 사는 아버지를 보고 자란 나였다. 남편이 가장으로서의 책임감이 없을 때 배우자인 여자의 삶이 어떤지 나는 너무나 잘 알고 있다. 그 자식들의 삶이 어떤지도 잘 알고 있다. 내 배우자는 이 부분에서 만큼은 우리 아빠와는 다른 사람이어야 한다는 인식이 자라면서 처절하게 새겨졌다.

고등학교를 졸업하자마자 독립해 스스로 생계를 꾸려온 라이언이 10년 만에 처음으로 갖는 휴식이었고, 호주에서 데이트 비용을 펑펑 썼으니 그걸 되돌려받을 정당한 자격도 있었다. 무엇보다 나 하나 보고 낯선 나라에 날아와 준 것 자체로 내게는 그가 한국에서 정착하기까지 도와줄 의무가 있었다. 사랑은 둘이서 하는 건데 내가 호주가 싫다고 해서 그가 한국으로 와주었으니 그의 희생에 보답하는 것이 응당한 도리다.

내가 아무리 말해줘도 라이언의 내적인 불편함이 가시지는 않았던 것 같다. 아스퍼거 증후군을 가진 사람들은 어떤 규칙이나 법칙이 머릿속에 들어오면 그것이 콘크리트처럼 단단하게 자리 잡는다. 그 생각을 바꾸거나 상황에 따라 유연하게 적용하는 융통성을 발휘하는 것은 거의 불가능하다. 직장생활이나 사회생활을 할 때 고집이 세다거나 너무 FM이다, 융통성이 없다는 평을 듣는 것도 이런 이유에서다.

그에게 성인으로서 한 인간이 경제적으로 독립하는 것은 무엇보다 중요한 가치이다. 특히 남자가 금액의 크고 작음을 떠나 가장으로서 가족의 생계 문제에 기여하지 못하는 것은 실패자라는 인식이 단단히 각인되어 있었다. 시기와 상황상 돈을 벌지 않아도 되는 정당한 이유가 넘쳐나는데도 그는 자신의 처지를 부끄러워하고 있었다.

그래서 그와 결혼하기로 결심했다. 혼인신고를 생각하면 피어나던 이유 모를 불안을 그의 책임감이 잠재워주었다. 혼란스러웠던 감정이 한순간에 정리되었다. 호주에 계신 라이언 부모님께 서류를 요청했고 바로 다음 주에 휴가를 내고 시원하게 혼인신고를 했다.

연예인들의 연애 이야기처럼 로맨틱하지는 않지만, 나에게는 가슴속에 새겨진 결혼을 결심한 순간이다. 그런데 라이언은 그건 말을 한 것조차 기억하지 못한다.

"당신은 언제 나랑 결혼하겠다고 결심했어?"
"그 카페에서 너를 처음 봤을 때."

물어본 내 잘못이다!

하이브리드
가족

하이브리드 가족의

탄생 1

"양공주 같은 년이. 쯧쯧!"

똑똑히 들었다. 명동역 플랫폼에 들어서기 위해 계단을 내려가는 중이었는데 마주 오던 아저씨가 나를 보고 고개를 저으며 혀를 찼다. 가던 길을 멈추고 방금 뭐라고 하셨냐고 따져 물었다. 혼잣말한 걸 갖고 뭘 그러냐고 아저씨가 오히려 언성을 높였다. 단정하게 잘 갖추어 입은 멀끔한 아저씨였다. 그런 말을 할 정신 나간 사람처럼 보이지 않았다. 그래서 더 황당했다.

후에 친구들에게 이 일에 대해 말해주었더니 "양공주? 그게 뭐야?"라고 되물었다. '양공주'란 주한미군기지 주변에 자리한 집장촌의 성매매 여성을 뜻한다. 나는 미군기지 주변에 산 것도 아닌데 내 또래는 잘 알지도 못하는 단어를 나는 왜 알고 있었을까? 아마 우리 대학교 앞을 지나는 154-1번 버스에 '기지촌행'이라고 쓰인 걸 보고 기지촌을 검색해본 덕인 것 같다. 서울살이 초반엔 지나가는 버스만 봐도 새로웠다. 나도 그 말뜻을 몰랐다면 좋았을걸. 아저씨의 말은 단숨에 내 마음을 헤집어놓았다.

아저씨 혼자 들리게 말하셔야 혼잣말이지 내 귀에 들리게 하면 그게 혼잣말이냐고, 왜 그런 말씀을 하셨냐고 따졌더니 도리어 아저씨가 폭주했다. 어디서 굴러먹은 걸레 같은 년이 멀쩡한 사람에게 시비를 거냐고 욕을 하기 시작했다. 내 손을 잡고 서 있는 라이언을 흘깃 쳐다보고는 너는 이 남자가 씹었다 버리는 껌 같은 존재라는 걸 알기나 하냐고 물었다.

그 아저씨는 차마 활자로 옮길 수 없는, 결코 잊을 수 없는 욕지거를 나에게 퍼붓더니 이제는 라이언에게 영어로 말했다.

"이 여자는 패스트푸드예요. 많은 남자들이 먹고 버리는

101

더러운 여자예요. 이 여자는 창녀라고요."

뭐? 창녀? 생전 처음 들어보는 상상도 못 한 모욕에 나는 이성을 잃었다. 당시 26살이었던 내가 우리 아버지뻘 되는 아저씨에게 온갖 욕을 섞어가며 저주를 퍼부었으니 말이다. 요즘 같았으면 바로 틱톡에 업로드되어 자극적인 영상물의 소스로 퍼져나갈 장면이었다. 생각만 해도 아찔하다.

당시는 모두 '피처폰(Feature phone, 스마트폰이 상용화되기 전 사용되던 일반 휴대전화를 이르는 말—편집자 주)'을 들고 다니던 시절이었다. 스마트폰만큼 선명하지는 않아도 사진을 찍어 인터넷에 올릴 수 있고 인화할 수도 있었다. 정말 황당하게도 아저씨는 나와 싸우는 도중에 끊임없이 내 사진과 동영상을 찍었다. 싸이월드밖에 없던 시절에 내 얼굴을 찍어다 어디에 어떻게 쓰려는지는 알 수 없으나 정말이지 싸우는 내내 나를 촬영했다.

명동역 플랫폼에서 시작된 싸움은 지하철을 타서도 계속되었다. 한국말을 못 하는 라이언은 싸움의 내용을 정확히 알 수가 없기에 어리둥절한 상태였다. 게다가 퇴근길 지하철의 엄청난 인파의 시선이 우리에게 쏟아지고 있으니 아무 판단도 할 수 없는 상태에 빠진 것 같았다.

당시 나는 완전히 이성을 잃었기에 라이언을 챙기지도, 그에게 아저씨의 말을 통역해 주지도 못했다. 그저 아저씨의 공격에 대응하기에 바빴다. 확실히 기억나는 것은 라이언을 포함해서 어느 누구도 나서서 아저씨와 나 사이를 중재하지 않았다.

어디까지 왔을까? 혼자서 저런 말도 안 되는 인간과 계속 싸울 수는 없다는 생각이 들었을 때 열차 문이 열렸다. 목적지는 성신여대입구역이었지만, 일단 라이언과 함께 내렸다. 아저씨는 지하철에서 내리는 내 뒤통수에 대고 기어이 너 같이 더러운 년을 낳고도 니 애미는 미역국을 쳐먹었냐고 말하며 최후의 선까지 넘었다. 나도 너 같은 미친놈을 애비로 둔 네 자식들이 더 불쌍하다며 선을 넘자 지하철 문이 닫히려는 찰나 아저씨가 따라 내렸다.

우리가 내린 곳은 하필이면 동대문운동장역이었다. 퇴근 시간인데다 2호선과 4호선 환승역인 동대문운동장역은 사람이 어마어마하게 많은 곳이었다. 욕설이 난무하는 막장 드라마는 그곳에서도 이어졌고, 세상에서 제일 재미있다는 싸움 구경을 놓칠 수 없는 인파들이 우리를 둘러쌌다. 어느 순간 내 힘으로는 이걸 감당할 수 없다는 생각이 들었고 경찰에 신고하기 위해 휴대전화를 꺼냈다. 112와 연결되어 '여기는 동대문운동장역인데 어떤 아저씨가 나한테 심한 모욕과 욕설을 하고 있다고, 좀 와주시길 바란다'고 말하고 있는데 다음 열차가 들어왔다. 신고하겠다는 내게 '신고해 봐, 이 더러운 년아. 경찰이 몸 파는 너를 잡아가지, 나를 잡아가냐!'고 큰소리치던 아저씨는 열차 문이 열리자마자 지하철을 타고 떠나버렸다.

미친 놈을 태운 열차가 플랫폼을 빠져나가자 나는 다리에 힘이 풀려 지하철역 바닥에 주저앉아 엉엉 울어버렸다. 아주머니 몇 명이 다가와서 아가씨 괜찮냐고, 지금이 어느 시대인데 저런 사람이 다 있냐며 휴지도 주시고 나를 달래주었다.

"아줌마, 저 양공주 아니에요. 우리 결혼했단 말이에요."

진짜였다. 바로 이날, 2008년 12월 3일에 우리가 명동역에서 지하철을 탄 이유는 광화문 교보빌딩에 있는 호주대사관에서 혼인신고를 했기 때문이다. 그날은 호주와 한국 양 국가에 혼인신고를 하기 위해 반차까지 쓰고 라이언과 함께 호주대사관과 종로구청을 몇 번씩이나 오가며 서류 절차를 마친 날이었다. 아직 결혼식을 올린 것은 아니지만, 법적 부부가 된 특별한 날을 기념하기 위해 스테이크하우스에서 저녁을 먹고 명동역에서 귀가하는 중이었다.

꺼이꺼이 울다가 정신을 차리고 보니 지하철 바닥에 주저앉아 있는 내 모습과 사람들이 그런 나를 쳐다보고 있는 것이 부끄럽게 느껴졌다. 황급히 아주머니들께 인사하고 다음 열차를 탔다. 이 난리굿의 모든 과정 동안 아무 말이 없었던 라이언이 오늘 수영 강습에 갈 거냐고 물었다.

원래는 성신여대입구역에 내려서 7시 30분에 시작하는 수영 강습을 듣고 집에 갈 계획이었다. 호주 사람인 라이언은 물고기처럼 수영을 잘했지만, 나와 수영장을 같이 다녔다. 내가 수영 강습을 받는 동안 라이언은 다른 레인에서 자유 수영을 했다. 다시 지하철을 타니 라이언은 우리의 행선

지가 궁금했던 모양이었다.

　수영 강습에 당연히 늦었을 거라고 생각하고 시계를 보았는데 전혀 늦지 않을 시간이었다. 분명 3~4시간 동안 고문을 당한 것 같은 기분이었는데 이 모든 게 고작 10분 동안 일어난 일이라는 게 믿어지지 않았다. 명동역에서 동대문운동장역까지 두 정거장을 이동하는 시간과 동대문운동장역에서 4호선 열차를 한 번 보냈던 약 8분 동안 겪은 정서적인 손상치고는 그 상흔이 너무나 컸다. 온 정신이 너덜너덜해진 기분이었다.

　수영장에 갈 거냐는 라이언의 질문에 이 판국에 수영은 무슨 수영인가 싶어 황당한 마음이 들었지만, 한편으론 그의 말대로 곧바로 집에 가지 않는 게 낫겠다는 생각도 들었다. 당장은 이 일에 대해서 라이언에게 어떻게 이야기 해 주어야 할지 정리가 되지 않았기 때문이다. 게다가 웬 미친놈 때문에 우리의 일상 루틴을 깨는 것도 싫었다. 그러면 정말 내가 진 기분이 들 것 같았다.

　그래서 수영장에 갔다. 한 시간 내내 수영하면서 방금 내가 찍고 온 막장 드라마를 되돌아보았다. 일단 패스트푸드니 양공주니 하는 모욕적인 말을 들었다는 게 억울했고, 아무도 그런 상황에서 나를 지켜주지 않았다는 것이 서러웠다. 수많은 사람들 앞에서 이성을 잃고 싸움닭처럼 행동한 것도 수치스러웠고, 고래고래 악을 써가며 아빠뻘 되는 어른한테 쌍욕을 퍼부은 데에 대한 죄책감도 희미하게 들었다. 동시에 그렇게밖에 할 수 없었던 내 처지, 나를 위해 싸워줄 사람이 오직 나 자신뿐이라는 생각에 외롭고 고독했다.

하필이면 혼인신고를 한 그날 그런 이상한 아저씨를 만나서는! 단일민족을 중시하는 대한민국에서 국제커플로 살면서 겪을 고난을 알려주는 복선 같은 일이 혼인신고 날에 일어났다는 생각이 들었다(2008년 당시는 다문화가정이라는 개념조차 생소할 때였다). 앞으로도 우리 부부는 크고 작은 '오늘 같은 날'을 마주할 테니 미리 마음의 준비를 하라는 신의 계시 같았다. (신을 믿지도 않으면서 말이다!)

아스퍼거 증후군을 가진 배우자를 선택했을 때 필연적

으로 감수해야 하는 외로움과 독립심도 절절하게 경험했다. 무소의 뿔처럼 혼자서 가는 삶이 결혼했다고 해서 크게 달라지지 않을 것이라는 점에 대해 명확하게 인지하는 계기가 되었다. 결국 나를 지켜줄 존재는 나 자신밖에 없다는 것을 일깨워주려는 암시 같았다.

앞으로 나는 어떻게 나 자신과 내 가족을 지켜야 할까? 같은 일이 또 생긴다면 어떻게 반응할지 생각해 보았다. 나는 아직까지 온갖 상념에 빠져 있지만 그 아저씨는 오늘 밤 두 다리 쭉 뻗고 잘 잘거라는 생각이 들었다. 자기 행동과 언사가 상대에게 얼마나 큰 상처를 줄지 가늠할 수 있다면 애초에 그런 행동을 하지 않을 것이니 말이다.

미친놈에게 미친년처럼 대응했더니 종래에 더 상처받고 손해 보는 사람은 나 자신임을 깨달았다. 나만 상처 입고 그 8분을 끊임없이 되새김질하고 있지 않은가? 억울했다. 그래서 다음에 또 그런 아저씨를 만난다면 양공주 첫 마디만 듣고 바로 경찰에 신고하기로 결심했다. 상대가 나를 물어뜯는 통에 본능적으로 나도 똑같이 반응했더니 상대의 입에서는 갈수록 더 심한 말이 나왔다. 자극에 반응하면 할수록 미친놈에게 더 심한 욕지기를 듣게 되었기 때문에 내가 입을 상처도 더 커졌다. 내가 받을 상처의 총량을 줄이는 유일한 방법은 처음부터 아예 반응하지 않는 것이다. 나 자신을 보호하는 가장 효율적인 방법은 상대를 더 이상 자극하지 말고 가능한 빨리 공권력의 힘을 빌리는 것이라는 결론에 다다랐다. 수영을 하면서 말이다.

혼자서 한 시간 동안 열심히 몸을 움직이면서 생각을 정리했더니 몸과 마음의 에너지가 전환되었다. 수영장을 나올 때 내 몸과 마음은 한결 가벼워진 상태였는데, 반대로 라이언은 죽상을 하고 있었다.

세 레인 건너에서 수영하던 라이언은 무슨 생각을 하고 있었을까? 나중에 물어보니 그 역시 지하철에서 일어난 일을 되돌아보고 있었고, 생각하면 할수록 화가 난다고 했다. 그는 패스트푸드나 창녀라는 말을 들었을 때 그놈을 두들겨 패줬어야 했다고 후회했다. 머릿속이 하얘져 아무 행동도 취하지 못한 걸 후회한다고 했다.

나는 내가 정리한 것을 라이언에게 이야기해 주었다. 덧

붙여 한국에 사는 동안 생명의 위협을 받지 않는 한 절대로 몸싸움 비슷한 상황에라도 연루되면 안 된다고 강조했다. 한국인과 외국인이 폭행 시비에 휘말리면 한국 경찰이 외국인 편을 들어줄 확률이 얼마나 될까? 외국인이 증거를 제시하고 공정성을 외쳐도 팔은 안으로 굽게 되어 있다. 한국과 호주의 입장을 바꾸어보아도 마찬가지다. 라이언이든 나든 서로의 나라에서 외국인으로 사는 동안은 매사에 공정한 대우를 받을 수 없음을 기억해야 했다. 무엇보다 전과가 생기면 비자 연장에 문제가 생길 수 있으므로 불미스러운 일에 절대로 연루되어서는 안 된다.

우리는 한참 이야기를 나누었고 라이언도 또 이런 일이 생기면 바로 경찰엔 신고하자는 내 생각에 동의했다. 왠지 보험이라도 들어놓은 것처럼 마음이 든든해졌다. 정초 액땜은 돈 주고도 못한다는데 법적으로 부부의 연을 시작한 날에 제대로 액땜을 했으니 앞으로는 좋은 일만 생길 거라는 생각이 들었다. 진심이었다. 덕분에 그날 밤 우리도 두 다리쭉 뻗고 잘 잘 수 있었다.

하이브리드 가족의
탄생 2

거짓말 같은 일이 일어났다. 그 아저씨와 또 마주친 것이다! 명동역에서 막장 드라마를 찍은 지 6개월 정도가 지났을 무렵이었다.

주말에 느지막이 일어나 라이언과 함께 동네 마트에 들렀다가 횡단보도를 건너는 중이었다. 반대편 횡단보도에서 우리 쪽을 향해 남자 한 명이 길을 건너오고 있었다. 남자는 내 쪽을 쳐다보고 혀를 차며 고개를 흔들었다. 뭐라고 중얼거렸는데 시끄러운 도로여서 목소리가 들리지는 않았다. 어쩐지 낯익은 외모라는 생각이 들어 갸우뚱했다. 거리가 점점 좁혀져 횡단보도 중간에서 마주쳤을 때, 그 남자의 얼굴을 똑바로 보았다.

'아! 명동역 그 아저씨다!'

그 아저씨와 멀어지면서 라이언에게 "저 남자야!"라고 외쳤다. 내 말뜻을 못 알아들은 라이언은 어리둥절해했다. 횡단보도를 건너 인도에 닿자마자 그 남자를 뒤돌아보았다. 그 남자 역시 횡단보도를 완전히 건너자마자 우리를 돌아보았다. 끊임없이 중얼대며 나를 응시하던 그는 갑자기 휴대전화를 꺼내 들고 내 사진을 찍어댔다. 다리가 후들거렸다. 확실했다. 명동역 그 미친놈이었다. 건너편에 있는 그 남자의 말이 들리지는 않았지만, 무슨 말을 하고 있을지 나는 정확히 알고 있었다. 이 새끼가 우리 동네 사람이었다니. 그래서 그날도 4호선을 탄 건가. 소름이 돋았다.

나는 아무 말도 하지 않고 가만히 서서 그 인간을 노려보았다. 그리고 천천히 휴대전화를 꺼내 112에 전화를 걸었다. 여기는 성신여대 앞 사거리고, 나는 국제결혼을 한 사람인데 어떤 아저씨가 나에게 모욕적인 말을 하고 있으니 도와달라고 했다. 그 남자에게서 시선을 떼지 않고 신고를 이어갔다. 내가 신고하는 모습을 보던 그는 촬영하느라 들고 있던 휴대전화를 내리고 미간을 좁히며 내 얼굴을 자세히 확인하려는 것 같았다. 내가 명동역의 그 미친년이었다는 걸 그 남자도 알아차렸을까?

남자는 지나가던 택시를 잡아탔다. 택시의 주행 반대 방향에서 경찰차가 오는 게 보였다. 도로 폭이 넉넉한 2차선 도로였지만 갓길에 주차한 차들 탓에 그를 태운 택시는 경찰차와 마주쳤을 것이다. 그는 경찰차를 보았을까? 스쳐 지나가는 경찰차를 보고 그는 무슨 생각을 했을까?

신고한 지 3분여 만에 내가 있는 곳으로 출동해 주신 경찰관분들께 6개월 전 명동역 사건까지 모두 설명했다. 다음에 또 비슷한 신고가 들어와서 그 아저씨를 잡게 된다면 꼭 적절한 처벌을 부탁드린다고 읍소했다. 경찰관분들은 그 사람이 4호선을 탄 것도 그렇고 성신여대 앞에서 또 마주친 것도 그렇고 주변 지역 거주자인 것 같다고 하셨다. 앞으로 주시할 테니 아가씨는 그만 울고 집에 가서 푹 쉬라고 하셨다.

나에게는 큰일이지만 그렇다고 이 일이 촌각을 다투는 중대한 상황은 아닌지라 CCTV를 돌려보고 그 아저씨를 잡아달라는 요청까지는하지는 않았다. 공권력은 더 위급하고 중대한 일에 쓰여야 마땅하다고 생각했다. 게다가 그 아저씨 응징 여부를 떠나 나는 이미 만족스러웠다. 대한민국 경찰이 어찌 보면 사소해 보이는 나의 신고를 받고 이렇게 빨리 출동해 준다는 사실에 안전함을 느꼈고, 보호받고 있다는 든든한 마음이 들었다.

또 부부의 연을 시작한 날 라이언과 약속한 대로 우리를 잘 지켜냈다는 점도 뿌듯했다. 명동역 사건 날 집에 돌아와 그날 하루를 회고하면서 비슷한 일이 또 생기면 상대방에게 반응하지 말고 바로 경찰에 도움을 요청하자고 했던 것도 지켰다. (대비는 했지만 똑같은 상대를 만나 똑같은 일을 단 6개월 만에 또 겪으리라고는 생각하지 못했다.) 명동역에서 했던 것처럼 아저씨의 자극적인 말에 더 큰 자극으로 맞서지 않고 바로 신고했더니 결론적으로 내가 상처를 덜 받게 되었다. 무사히 위기를 넘기고 스스로를 지켜낸 우리가 생각했던 방법이 옳았다는 것을 증명해 보였다. 안심되었다.

20년 가까운 시간이 지났지만 여전히 그 아저씨의 얼굴을 정확히 그려낼 수 있다. 그날 지하철의 공기와 조도까지 생생하게 기억 난다. 이 일은 라이언을 배우자로 맞은 내 선택이 남들과는 다른 선택이었고, 이로 인해 때때로 남다른 일들을 겪어내야 한다는 사실을 상기시켜주었다. 내가 호주에서 살기 싫다고 해서 라이언이 한국에 들어왔지만, 한국에서 자식을 낳고 키울 수는 없겠다고 생각하게 된 결정적인 이유이기도 했다. 성인이라도 양공주라는 소리를 들으면 뿌리까지 마음이 흔들리는데, 행여라도 어린아이가 튀기, 잡종이라는 말을 듣게 할 순 없었다.

더 황당한 건 양공주나 튀기 등 혐오 표현의 의미조차 제대로 모르고 쓰는 사람들이 너무나 많다는 것이다. 라이언과 함께 고향 집에 방문했을 때였다. 친정아버지가 이렇게 말했다.

"너희가 아기를 낳으면 걔는 튀기잖아. 튀기들이 원래 인물이 더 좋다. 손주들 인물 하나는 기똥차겠네."

우리 아빠 입에서 튀기라는 말이 나오다니. 아빠 얼굴 위에 명동역 아저씨의 얼굴이 겹쳤다. 알고 썼든 모르고 썼든 들었을 때 심장이 쿵 내려앉는 건 마찬가지다. 알고 돌을 던지나, 모르고 돌을 던지나 결과적으로 개구리는 돌에 맞아 죽는다.

"아버지, 튀기라는 말의 뜻은 알고 그 말을 쓰십니까? 튀기는 양공주의 자식이에요. 지금 아빠 딸이 양공주라는 말이에요? 양공주의 뜻은 알아요? 제가 미군을 상태로 몸 파는 매춘부예요? 행여나 세상 사람들이 그런 혐오를 저지른다 해도 그 무지와 오해를 앞장서서 풀어주고 딸을 보호해 주어야 할 사람이 바로 아버지인데 어떻게 아버지가 먼저 그 말을 입에 올리세요?"라고 말하고 싶었지만, 그냥 입을 다물었다.

나를 낳아준 부모도 이렇게 혐오 표현에 무지한데 내가 어디에서 누구를 계몽하고 존중받으려 애쓰겠는가. 내가 마주하고 있는 벽이 생각보다 훨씬 더 견고하다는 것을 바로 내 아버지를 통해 인지했다.

라이언과 미래를 그리면서 우리가 한국에 살지 호주에

살지 결정하는 것은 순전히 우리의 자유의지라고 생각했는데, 아니었다. 아이를 낳게 되면 선택지는 사라진다.

"엄마, 튀기가 뭐야?"

어느 날 내 아이가 이렇게 묻는다면 나는 의연하게 대처할 자신이 없었다.

사람들은 자신들이 살아가는 세상을 진보한 형태라고 인식한다. 2008년 당시에도 내 주변 사람들은 글로벌시대가 도래했다며 국제결혼은 이제 흔한 일이고 혼혈아라고 차별받는 시대는 지났다고 나를 위로했지만, 나는 여전히 불안했다. 1960년대 전쟁 직후와 비교하면 2008년은 진보된 사회가 맞지만, 국제결혼 부부들은 여전히 두터운 편견에 맞서야 했다.

라이언 일병 구하기의 서막,
남편을 탐구하다

라이언은 검은 머리 파 뿌리 될 때까지 한국에서 살 생각으로 호주에서 하던 사업을 모두 접고 한국으로 들어왔지만, 결혼한 지 반년 만에 우리는 호주행 비행기를 탔다. 인생참 계획대로 되지 않는다.

얼마 전까지만 해도 지긋지긋한 장거리 연애를 끝내고둘이 함께 사는 게 우리 커플의 가장 중요하고 유일한 목표였다. 공통목표를 달성하기 위해 다른 사소한 부분에 대한고려는 자연스럽게 미루어졌다. 하지만 막상 장거리 연애를끝내고 결혼하고 보니 그동안은 눈에 띄지 않았던 현실적인어려움이 보이기 시작했다.

내 경험상 오랜 연애나 동거를 결혼과 동일시하는 건 결혼을 안 해봐서 하는 소리다. 미래를 설계할 때 상대방을 100퍼센트 포함시키며 '혼자'가 아닌 '팀'으로 인생을 바라보기 시작하는 것은 결혼이라는 형식을 치른 후부터 가능하다. 약혼과 동거로는 절대 생길 수 없는, 결혼이라는 틀 안에서만 존재하는 소속감과 팀워크가 분명히 있다. 수틀리면 떠날 수 있었던 관계의 틈은 혼인신고서에 도장을 찍는 순간 콱 메워진다. (게다가 자식까지 낳으면 일말의 여지도 없이 족쇄가 채워진다!)

라이언이 한국에서 일을 구하려니 대학 졸업장이 걸림돌이 되었다. 학창 시절 내내 테니스를 쳤고, 고등학교를 졸업하자마자 유럽으로 건너가 프로 테니스 선수로 첫 커리어를 시작한 라이언은 학사 학위가 없었다. 한국에는 석사, 박사도 넘쳐나니 학사 학위는 흔하디 흔한 것이어서 테니스 관련 직종도 학사 학위를 필수 자격으로 내세웠다. 사실 영어 교육열이 넘치는 한국에서 마음만 먹으면 이래저래 편법과 불법을 오가며 일자리를 구하는 것이 불가능하지는 않았으나, 마음 편하고 당당하게 살고 싶었다.

그렇게 서른이 넘어 라이언은 만학도가 되었다. 학사 학위를 따기 위해 우리는 결혼 직후 2009년부터 2014년까지 호주에 살았다. 취준생 시기를 겪어내고 힘들게 취업했는데 3년만에 퇴사하는 것이 못내 아쉬웠지만, 혼인신고서에 도장을 찍는 순간 갈 길이 정해졌다. 이제는 모든 결정은 두 사람의 눈으로, 부부라는 팀의 시선으로 보고 내려야 했다.

게다가 라이언에 비하면 나는 아쉬워할 처지가 못 되었다. 지금 생각해 보면 내가 라이언 인생을 너무 뒤흔들어놓은 것 아닌가 미안한 마음이 든다. 한국에 오라고 해서 갔더니 금방 다시 호주로 돌아가자고 했고, 심지어 운동선수 출신이 다 늦게 대학교 공부를 하게 되었으니 말이다.

미안한 기색을 비치면 정작 라이언은 다 괜찮다고 말한다. 어차피 자신이 가진 유일한 목표는 모니카와 함께하는 것이었기 때문에 그곳이 어디든 무엇을 하고 살든 상관 없다고 했다. 라이언은 아직도 그럭저럭 괜찮은 집, 차, 직장, 그리고 모니카만 있으면 세상을 다 가진 거라고, 심지어 자식도 보너스라고 말하는 사람이다. 라이언은 내 앞에서 셈을 한 적이 없다. 나를 배우자로 선택함으로써 감당해야 했던 자신의 기회비용을 따진 적도 없고, "내가 너 때문에 이렇게까지 했는데"라고 생색 내는 발언을 입에 올린 적도 없다. 사랑이 결여된 결혼을 하는 사람들이 손익을 따지고 계산기를 두드린다.

다시 한국에 돌아오기까지 우리는 5년의 신혼 기간을 호주에서 보냈다. '신혼'이라는 단어가 주는 설렘과는 달리, 부부로서 호주에서 보낸 첫 1년은 라이언과 나 둘 다 인생의 바닥을 찍었던 시점으로 회상할 만큼 최악이었다. 라이언과 함께한 지 4년이 지나서야 그의 아스퍼거 증후군과 처음으로 제대로 마주했다. 호주에서 보낸 첫 1년은 라이언이 아스피라는 점을 절절하게 경험한 시간이었다.

어째서 4년이나 걸렸을까?

우리는 호주에서 8개월을 사귀었고, 2년 동안은 크리스마스 휴가 때 겨우 열흘만 만나면서 장거리 연애를 이어갔다. 그리고 한국에서 1년 6개월 동안 연인과 부부로 함께했다. 이때는 아스퍼거 증후군의 특징인 공감 능력 부족이나 사회성 결여 부분이 우리 관계에 전혀 방해되지 않았다. 라이언이 감정표현에 서툴렀지만, 연애 시절 나는 감정적으로 허기진 적이 없었다. 라이언이 굳이 애쓰지 않아도 항상 표정과 행동으로 나를 사랑하는 마음을 넘치게 보여주었기 때문이다.

라이언의 사회성도 크게 걸림돌이 되지 않았는데, 당시 내 친구의 남자친구가 라이언과 동갑이고 워낙 사교성이 좋아 라이언과 금방 친해진 덕이었다. 우리는 한동네에 살면서 자주 어울리고 재미있게 지냈다. 테니스를 매개체로 고려대학교 테니스클럽 학생들과도 친해져서 평일에는 운동하느라 라이언과 만나지 못하는 날도 많을 정도로 한국 생활에 잘 적응했다.

한국에 사는 동안 라이언의 잡다한 일 처리를 내가 도맡아 했지만, 그게 억울하다거나 불공평하다고 생각하지 않았다. 한국말을 못 하는 라이언이 나를 도와줄 수 없는 게 당연하다고 생각했고, 나 때문에 라이언이 한국에 왔으니 당연히 내가 책임져야 한다고 생각했다.

고려대학교 어학당에 등록하고 학생 비자를 받는 순간부터 항공권 구입, 집 구하기, 일자리 구하기 등 모든 과정을 내가 리드했다. 라이언은 내가 제시하는 옵션 중에서 최종 선택을 하기만 하면 됐다.

떠먹여 주는 수준으로 모든 일을 처리해 주었지만, 라이언이 주체성이 없다거나 독립성이 떨어진다고 의심하지는 않았다. 언제가 우리가 호주에서 살게 되면 그때는 라이언이 똑같이 해 줄 것이라고 생각했다. 이것이 얼마나 큰 오산이었는지는 호주 땅에 도착하자마자부터 절절히 깨달았다……

라이언은 정말 할 줄 아는 게 없었다. 집을 구하는 것, 대학 입학 절차를 밟는 것, 사업을 준비하는 것 등 새롭게 터를 잡기 위해서는 해치울 문제가 수도 없이 많은데 그는 절대 주도적으로 움직이지 않았다. 한국에서 모든 일을 내가 처리했던 것이 단지 언어 문제 때문은 아니었다는 걸 그제야 깨달았다.

16세 때부터 혼자 전 세계를 돌며 프로 테니스 선수로 활동했고, 호주에서 혼자 택배 사업도 꾸렸던 사람이 어떻게 이렇게 아무것도 모를 수가 있는지 이해가 되지 않았다. 호주 정착에 필요한 일들을 처리하기 위해 이야기를 나누다가 모르는 부분이나 궁금증이 생겨 라이언에게 물어보면 그는 항상 "물어볼게"라고 대답했다. 물어보다니? 대체 누구한테 물어본다는 거지?

정답은 바로 시어머님이었다. 라이언의 새로운 출발점에는 늘 어머님이 계셨다. 아스퍼거 증후군은 반복되는 업무와 예측 가능한 일상에서 마음의 안정과 평화로움을 느낀다. 익숙한 환경에서 늘 하던 업무를 우직하게 해내는 성실함과 끈기는 아스퍼거 증후군만의 탁월한 장점이다. 반면 변화에 대한 대처와 새로운 환경에의 적응은 극도로 어려워한다.

이런 라이언의 특성을 누구보다 잘 이해하고 있는 어머님이기에 라이언의 삶에서 굵직굵직한 변화가 일어날 때마다 그 시작을 항상 어머님이 도와주셨다. 해외 생활도 그 땅에 떨어지고 난 뒤 살아남는 문제는 라이언 혼자 감당해냈지만, 출국 준비 같은 사전작업은 어머님이 도와주셨다.

테니스 커리어를 마치고 새로운 직업을 선택할 때도 인간관계를 어려워하는 아들이 면접이라는 일반적인 취업 과정을 힘들어할 것으로 판단한 어머님은 고민 끝에 라이언이 혼자 일할 수 있는 택배 사업을 떠올리셨다. 특정 구역 배달권을 매입해 택배 사업을 시작했을 때에도 한동안 어머님이 배달을 같이 다녀주셨을 정도였다. 아스피들은 새로운 일상과 직업이 익숙해져 루틴으로 자리잡기까지 딱 2~3개월 정도만 도와주면 그 이후로는 누구보다 성실하게 오랫동안 일할 수 있다.

문제는 나는 아스퍼거 증후군이 아닌, 도움이 필요 없는 사람이라는 점이다. 처음에는 외국살이 하다가 돌아온 아들과 외국인 며느리를 도와주시는 어머님께 감사하다고 생각했다. 그런데 갈수록 무언가 이상했다. 우리 부부가 의사결정을 하는 과정에서 막히는 부분이 생기면 라이언은 그 문제를 어머님께 전달했다. 아니, 물어볼 필요도 없었다. 전달하기도 전에 어머님이 나서서 모든 일을 결정하고 통보하셨기 때문에 우리는 생각이란 걸 할 필요가 없었다.

라이언이 호주에서 대학교를 다니던 시기, 우리는 작은 커피 사업을 계획하고 있었다. 사업과 관련해 우리가 회계사나 대출 상담사를 만나서 계약서를 쓰고 오면 어머님은 세부 사항에 대해 라이언에게 꼬치꼬치 물으셨다. 만약 라이언의 대답이 성에 차지 않으면 회계사 사무소나 은행에 직접 전화를 걸어 우리 아들 내외가 오늘 들렀던 걸로 아는데 내용을 자세히 알고 싶다며 한참을 통화하셨다.

여러분이 우리 부부의 담당 회계사라고 생각해보라. 서른이 넘은 부부가 직접 최종 협의하고 계약서에 도장까지 찍고 갔는데 2시간 뒤에 계약자 엄마라는 사람이 전화를 걸어 내용을 일일이 확인하더니 이것저것 걸고넘어진다면, 어떨 것 같은가? 요즘 MZ세대가 늦잠을 자면 엄마가 회사에 전화를 걸어 '우리 애가 좀 늦더라도 너무 나무라지 말라'고 한다는 우스갯소리가 있던데, 나는 그 이야기를 보고도 웃을 수가 없었다.

어머님의 영향력은 우리 부부의 삶 전체를 파고들었다. 어느 날 시부모님과 함께 피쉬앤칩스(튀긴 생선과 감자튀김을 파는 호주 식당)에서 메뉴판을 읽고 있는데 어머님이 말씀하셨다.

"여기는 대구가 스페셜 메뉴야. 다른 것보다 2천 원 정도 저렴해."

평서문 같지만 이건 사실 명령문이다. 라이언과 시아버지, 시어머니 모두 대구를 시킨다. 나도 대구를 시킨다.

"식당에선 콜라가 3천 원이나 하잖아. 슈퍼마켓에선 오백 원이면 되는데. 사기꾼들이라니까. 콜라는 됐고, 나는 물이면 돼."

어머님이 이렇게 말씀하신 뒤 그 식사 자리에서 음료를 시키는 사람은 아무도 없었다. 심지어 부모님이 밥을 사주시는 상황도 아니었다. 나는 원래 탄산음료를 마시지 않지만, 못 사게 하니 괜히 숨이 막혔다. 시부모님 없이 라이언과 둘이서 식당에 갈 때는 3천 원짜리 콜라를 꼭 시켰다. 마시지도 않을 콜라지만 내 돈을 내 마음대로 쓰는 자유를 그렇게라도 느껴야 흐려져가는 내 자주성을 확인할 수 있을 것 같았다.

라이언에게 어머님의 간섭이 지나치다고 불만을 말하면 라이언은 엄마가 우리 잘되라고 도와주는 건데 왜 기분 나빠하냐며 나를 배은망덕한 며느리 취급했다. 나를 가장 미치게 한 지점은 어머님은 근본적으로 당신 자식들에 대한 믿음이 전혀 없다는 점이었다. 어머님은 불안도가 상당히 높은 성향이라 없는 걱정도 만들어서 미리 앓는 타입이었다. 자연히 자식 관련 일에도 항상 불안해했기 때문에 두 아들을 보호해야 할 존재로 보셨다.

라이언이 느즈막이 대학교에 입합하겠다고 결정했을 때 어머님의 반응은 실로 충격이었다. 대학교는 똑똑한 사람들이 가는 건데 운동만 한 네가 대학 공부를 할 수 있겠냐고 진심으로 걱정하셨다. 그렇지 않아도 못미더운 아들이 다 늦게 대학에 간다는 것도 걱정인데 심지어 외국인 며느리를 데리고 왔으니 어머님의 불안은 몇 배로 커졌다.

내 친정 부모님은 평생 당신 자식들이 세상에서 제일 똑똑하다고 치켜세워주셨다. 시험을 잘 못 봐도 자식들이 머리는 참 좋은데 도통 노력을 안 한다며, 남들 반만 노력해도 전교 1등을 할 아이들이라고 칭찬해 오히려 우리를 민망하게 만드실 정도였다.

우울감에 빠져 자취방에 칩거하던 취준생 시절, 부모님께 전화 한 통도 하지 않고 몇 달을 보냈는데 부모님은 나를 믿고 기다려주셨다. 섣불리 전화해서 어떻게 지내는지, 취업은 어떻게 되어가는지 묻지 않고 꾹꾹 참으셨다. 나중에 들으니 고향 집에서는 온 가족이 내 걱정에 속이 타들어가고 있었지만, 제일 속상하고 힘든 건 본인일 거라고 연락을 자제했다고 한다. 가끔 통화해도 별 질문 없이 금방 전화를 끊어준 덕에 덜 곤란하게 그 시절을 보낼 수 있었다. 이때 기억을 떠올리면 친정 식구들에게 두고두고 감사하다.

이렇듯 알아서 잘 해낼 거라는 무한한 믿음을 받고 자란 내가 자식의 행보를 믿지 못해 온갖 일에 간섭하는 시어머님을 상대하게 되니 정말 미쳐버릴 것 같았다. 사사건건 확인받을수록 나 자신이 아무것도 못 하는 바보처럼 느껴져 자존감이 바닥을 기었다.

우리가 시댁에서 지낸 시간은 단 15일이다. 겨우 2주 남짓한 그 기간이 당시에는 얼마나 길게 느껴졌는지, 아직도 내 인생 최악의 시간으로 기억된다. 시댁에서는 늘 똑같은 향초 냄새가 나는데 요즘도 그 냄새를 맡거나 어머님이 쓰셨던 향수 냄새를 맡으면 그때의 좌절감이 떠올라 숨이 턱턱 막힌다.

시댁을 나와서도 우리 부부는 둘이 사는 게 아니었다. 휴대전화 요금제 무료 통화가 시작되는 밤 8시면 어김없이 어머님께 전화가 왔다. 오늘 하루는 무엇을 했고 일이 어떻게 진행되었는지 라이언에게 꼬박꼬박 물어보셨다.

게다가 외국에서 와 친구도 없고 바쁜 일도 없을 테니 주말마다 시댁에 와서 재밌는 시간을 보내자고 요구하셨다. 그렇게 2주를 시댁에 살고 8주 내내 주말마다 시댁에 갔다. 11주째에는 라이언에게 시댁에 가고 싶지 않다고 말했다. 라이언은 곤란해하면서도 어머니의 말을 거역하지 못해 나를 두고 혼자 시댁에 갔다.

시댁에서 주말을 보내고 돌아온 라이언은 늘 그렇듯 별말이 없었다. 그래서 나도 별일이 없는 줄 알았다. 며칠 후에 어머님과 통화를 할 일이 있었다. 내가 인사하자 어머님은 "너 때문에 안녕 못 해"라고 하셨다.

한참 이어진 그 통화로 나는 폭발했다. 내가 감당할 수 있는 선을 훌쩍 넘은 지 오래였다. 전화를 끊고 짐을 싸기 시작했다. 엉엉 울면서 라이언에게 말했다.

"당신 엄마가 나 때문에 안녕하지 못하대. 도대체 내가 뭘 잘못했어?

정말 미안한데 나는 이제 돌아가야겠어. 나는 아무것도 못 하는 바보가 아니야, 당신 엄마 말에 무조건 복종해야 하는 멍청한 존재도 아니야. 당신 엄마는 왜 이렇게 나를 바보 취급해? 당신은 그렇게 살았을지 몰라도 나는 그렇게 못 살아.

당신 인생을 꼬이게 만들어서 정말 미안하지만, 나는 당신 엄마를 더 이상 상대하고 싶지 않고 감당할 수도 없어. 당신은 엄마 편만 들고 내 입장은 전혀 이해하질 못하는 걸 보니까 여기서는 내가 이상한 사람인가 봐. 내가 이상한 사람이니 내가 떠날게."

이번에도 나 혼자 울고불고 소리 지르고 발악하는 원맨쇼일 거라고 생각했다. 아스퍼거 증후군을 가진 배우자와는 싸움이 불가능하다. 아스피들은 상대의 감정을 읽거나 다스릴 줄 모르기 때문에 감정적으로 격앙된 상대를 마주하면 극도로 당황하고 불안해한다. 공황상태처럼 뇌 운동이 정지되어 버리기 때문에 아무 말도 못 하고 멀뚱멀뚱 상대를 쳐다보고만 있다. 상대는 울며불며 가슴을 쥐어짜는데 아스피들은 의도했든 의도하지 않았든 상대를 철저하게 방치하고 만다.

신혼생활도 이제 끝이라고 생각했는데 라이언이 입을 열었다.

"가지 마. 미안해. 평생 우리 부모님 보지 않아도 돼. 그러니까 가지 마.

네가 이상한 게 아니야. 우리 엄마가 이상하게 굴어서 엄마 곁을 떠난 사람이 한두 명이 아니야.

우리 엄마가 이상한 거, 나도 알아. 다 알아. 그런데 내 앞에서 내 부모를 욕하는 사람은 네가 처음이었어. 부모님이 잖아. 그래서 네 편을 들 수가 없었어. 하지만 다 알고 있어. 너에게는 두 달 남짓 겪었지만, 나는 평생을 그렇게 자랐잖아. 네가 무슨 기분인지 다 알고 있어. 이런 환경에서 내가 어떻게 자존감 높고 독립적인 인간이 될 수 있었겠어? 평생 이렇게 컸는데.

가지 마. 이제 우리 엄마 말 안 들어도 돼, 아예 안 만나도 돼."

세상 사람들 모두가 나를 믿어주지 않아도 부모는 나를 믿어야 한다. 가정에서 자녀를 충분히 신뢰해야 우리는 비로소 한 인간으로 뿌리를 탄탄히 내릴 수 있다. 나를 낳아준 부모에게서 끊임없이 의심받으며 산 사람이 어떻게 자존감을 바로 세울 수 있겠는가.

자기비하나 낮은 자존감은 아스퍼거 증후군의 전형적인 증상은 아니다. 오히려 아스피들은 자기중심적으로 사고하는 경향이 있기 때문에 소위 '자뻑'이 심한 경우가 있는데 라이언은 전혀 아니었다. 그가 늘 스스로를 부정적으로 인식하고 과소평가하는 이유가 궁금했다. 아스피로 살며 겪은 대인관계에서 부정적인 경험이 많았나보다 지레 짐작만 하고 있었는데 이 날 그 답을 명확하게 알게 되었다.

어른들이 부부는 측은지심으로 사는 거라던데. 라이언이 너무 불쌍했다. "나는 평생 그렇게 자랐잖아. 나는 어땠겠니?" 라이언이 이 말만 하면 나는 항복하고 만다. 이때부터 나의 '라이언 일병 구하기'가 시작되었다.

카산드라 증후군과
시어머니

라이언은 성인이 된 후에 어머님의 권유로 찾아간 전문 센터에서 정식으로 아스퍼거 증후군 진단을 받았다. 어머님이 여성지를 읽다가 우연히 아스퍼거 증후군에 대한 기사를 접한 것이 계기였다. 아스퍼거 증후군 연구의 일인자로 불리는 토니 애트우드Tony Attwood 박사가 라이언의 고향 브리즈번에서 지내고 있어 호주는 90년대부터 다양한 미디어에서 아스퍼거 증후군이 다루어졌다. 우리나라에서 출간된 아스퍼거 증후군 관련 번역 서적 중에도 토니 애트우드 박사의 저서가 많다.

어머님은 아스퍼거 증후군 기사를 읽고 누군가가 내 아들의 이야기를 써놓은 것 같아 깜짝 놀랐다. 잡지에 실린 아스퍼거 증후군 자가 진단에 라이언을 대입했더니 모든 항목에 해당되었다는 것이다.

어머님은 라이언이 아스퍼거 증후군을 갖고 있는 걸 알면서도 결혼한 나에게 항상 고마워하셨고 용감한 여자라며 힘을 북돋아 주셨다. 아스퍼거 증후군을 가진 아들을 키우는 엄마의 삶이 힘들었던 만큼 아들의 배우자가 겪을 어려움을 미리 짐작하고 위로해 주셨다.

어머님과 아스퍼거 증후군에 대한 이야기를 종종 나누었는데 그때마다 어머님은 아버님도 아스퍼거 증후군을 갖고 있는 것 같다고 추측하셨다. 하지만 아버님은 처음 보는 사람과 눈맞춤도 할 수 있고 부부 모임 같은 사교적인 자리에도 적극적으로 참여하신다. 라이언과는 확실히 좀 다르다.

하지만 매일 아침과 저녁 루틴에 집착하는 모습은 전형적인 아스피의 특성처럼 보인다. 아버님의 루틴은 새벽 5시에 일어나 산책하고, 신문을 읽으며 아침 식사를 하고, 잠들기 전에는 무슨 일이 있어도 반드시 샤워를 하는 것이다. 언뜻 흔한 루틴 같지만 단 한 번의 예외 없이 반드시 지키려는 모습이 좀 특이하게 보인다. 거실 소파에서 TV를 보다가 잠이 들어도 중간에 깨어나 꼭 샤워를 하러 간다. 보통 소파에서 잠들면 샤워로 잠을 깨우기보단 하루 정도는 건너뛰고 이어서 자는데 아버님의 경우는 아니다.

또, 중고 자전거를 고쳐서 되팔았다가 수익을 남긴 이후로 중고 자전거를 수집하시는데 그 규모가 100대를 훌쩍 넘는다.

가장 특이한 점은 비를 엄청나게 두려워한다는 점이다. 공기가 좋은 호주는 한국처럼 산성비가 내리는 것이 아니기 때문에 대부분 갑작스럽게 비가 와도 우산 없이 걷는다. 라이언은 아예 우산이 없을 정도다.

하지만 아버님은 비를 맞으면 큰일이라도 나는 것처럼 바로 택시를 잡아타신다. 비가 오는 날엔 온 가족이 외출을 금지해야 함은 물론이다. 심리학에서 비를 특히 두려워하는 우리 아버님 같은 사람들을 '옴브로포비아(Ombrophobia)'라고 정의한 걸 보면 이 점은 아스퍼거 증후군이 아니라 단지 옴브로포비아일 가능성도 있다.

어머님이 남편을 아스피라고 생각하는 가장 큰 이유는 공감 문제 때문이었다. 아버님은 깊은 속내를 잘 표현하지 않고, 옛날 분이라 그런지 애정 표현도 없고 무뚝뚝하셔서 어머님이 늘 아쉬워하셨다. (서양인이라고 해서 모두 영화 속 주인공처럼 다정다감하진 않다.)

딸이라도 한 명 있었으면 그나마 나았을 텐데 감정표현이나 공감과는 거리가 먼 세 남자와 살아온 어머님은 정서적으로 항상 메말라 있었다. 마초 같은 성격의 첫째 아들은 불같은 면이 있어서 대하기 어려웠고, 둘째 아들은 아스퍼거 증후군이라 자기만의 세계에 빠져 무반응으로 일관했다. 게다가 남편 역시 살가운 면이 없으니 이 집안에서 우리 어머님의 말을 들어주는 이는 아무도 없었다. 어머님은 항상 혼자 소리치는 외로운 카산드라였다.

여성에게만 국한된 질환은 아니지만, 보통 남편에게 공감을 얻지 못하고 부부 사이 정서적 교류가 부재해 우울증이나 극심한 스트레스를 경험하는 여성들이 '카산드라 증후군'을 진단받곤 한다.

이 용어는 그리스 로마 신화 중 트로이 왕의 딸 카산드라에서 따온 것이다. 아름다운 카산드라에게 반한 아폴론은 그녀에게 미래를 예견하는 능력을 선사하고 적극적으로 구애한다. 하지만 카산드라가 그의 사랑을 받아주지 않자 화가 난 아폴론은 카산드라에게 아무도 그녀의 말을 믿어주지 않는 저주를 내린다. 예지력이 있는 카산드라는 전쟁이 발발하는 미래를 보았고, 이를 사람들에게 알린다. 그러나 아폴론의 저주 때문에 아무도 그녀의 말을 믿어주지 않는다.

이처럼 아무도 말을 들어주지 않고, 친밀한 사람들로부터 공감이나 감정적 반응을 얻지 못해 정서적으로 말라가는 심리적 질환을 '카산드라 증후군'이라고 한다. 사회성과 공감 능력이 결여된 아스퍼거 증후군의 특징 때문에 아스피와 오랫동안 생활한 배우자들은 카산드라 증후군 증상을 겪게 될 확률이 크다(《카산드라증후군》 p.40 참조).

내 눈에는 시어머니가 전형적인 카산드라 증후군으로 보였다. 내면이 단단한 분이었다면 상황이 나았을까? 안타깝게도 시어머니에게는 어린 시절 부모님의 사랑은커녕 거부당한 기억만 가득하시다. 감정 기복이 심한 부모의 눈치 보고 어른들의 비위를 맞추면서 자란 아이들은 커서도 다른 사람들을 살피고 도와주면서 인정받으려 한다.

사람들의 눈에는 어머님이 자식들을 과하게 통제하고 간섭하는 것처럼 보일 수 있다. 하지만 어머님은 그저 자식을 사랑하기 때문에 그들을 걱정하고 돌봐주려는 것이다. 시어머니 입장에서는 일말의 위험성, 도전적인 요소를 미리 다 제거해놓아야만 마음이 놓인다. 또 자식이 어려움을 겪지 않게 안전지대를 만들어 제공함으로써 좋은 엄마라고 인정받을 수 있다고 생각하신다.

심지어 어머님은 가족들 일뿐만 아니라 동네 사람이나 만난 지 얼마 안 된 지인들의 일에도 지나치게 깊이 관여하고 도와주신다. 그냥 오지랖이 넓다고 하기에는 그것을 뛰어넘는 무언가가 있다고 생각됐는데 어느 날 '강박적 돌봄'이라는 용어를 발견했다.

주변 사람들을 돕거나 걱정을 하지 않고는 견딜 수 없는 이러한 행동을 강박적 돌봄이라고 부른다.

(중략)

상대의 기분을 살피며 비위를 맞추거나 희생하는 한편 자신의 마음이 전해지지 않으면 분노가 차올라서 상대를 비난하는 패턴은 불안형 애착유형의 전형적인 모습이다. 불안형 애착의 사람은 인정욕구가 강하고 자신이 상대에게 인정받고 있다는 확인이 없으면 불안해서 견디지 못하고 심란해한다. 열심히 누군가를 돕는 것은 상대에게 인정받으며 그들이 기하기를 바라는 마음에서 하는 일이다.

《카산드라증후군》 중에서

아! 이거구나. 의구심만 갖고 있었는데 누군가가 명확하게 정리해놓은 것을 발견하니 너무나 속이 후련했다. 어머님은 누군가를 도와주고 고맙다는 인사나 칭찬을 받는 데서 자신의 인정욕구를 채우는 불안형 애착 유형이었다.

문제는 어머님의 수고에 대해 상대가 감사나 칭찬의 표현을 하지 않을 때 발생했다. 상대는 부탁한 적도 없는데 마음대로 호의를 베풀어놓고는 상대가 고마워하지 않으면 분노하고 상대를 배은망덕한 사람이라고 비난한다.

한국에서 돌아온 지 얼마 안 된 백수 아들 내외가 주말에 시댁에 오면 바다도 보고 즐거운 시간도 가질 것 같아 불렀는데 며느리가 시댁 방문을 거부하다니! 어머님은 이런 이유로 사회성 없고 가족을 배척하는 사람이라고 나를 비난한 것이었다.

어느 날은 갑자기 우리가 쓸 중고 소파를 사놓으셨다고 가져가라고 하시기도 했다. 필요 없다고 거절했더니 지금 너희가 쓰는 것보다 더 좋은 걸 사주었는데 왜 싫다는 거냐고 화를 내셨다. 거듭된 거절에도 어머님은 끈질기게 전화를 걸어 마당을 차지하고 있는 소파를 가져가라고 종용하셨다.

물론 나도 끈덕지게 거절했다. 내가 짐가방을 싼 사건으로부터 얼마 지나지 않았을 때 일어난 일이라 라이언은 '엄마가 우리를 도와주려는 건데 왜 불만이냐?' 패를 내놓을 수도 없었다. 그는 중간에서 이러지도 저러지도 못하고 로봇처럼 '필요 없습니다', '괜찮습니다'라는 말만 반복했다. 평소 같았으면 전화 한 통에 바로 가구를 받아 가고 고맙다고 인사할 아들이 자신의 호의를 거절하니 어머님은 퍽 황당해하셨다.

그까짓 소파, 그게 뭐라고. 사실 그냥 '감사합니다'하고 받아오면 그만이었다. 하지만 나는 어머님께 상대가 요구한 적도 없는 호의를 베풀면 감사는커녕 더 싫어할 수도 있다는 것을 꼭 알려드리고 싶었다.

어머님은 겉으로는 부모와 자식은 서로 독립적인 존재이며 자신은 자식들을 통제하는 스타일이 아니라고 말씀하셨지만, 내가 느끼기에는 아니었다. 나는 철저하게 우리를 통제하는 시어머니 덕에 숨이 막혔다.

라이언은 지금까지 어머님이 만들어놓은 프레임 속에서 원하는 대로 움직여주었겠지만, 나는 그럴 수 없고, 그러고 싶지도 않았다. 스무 살 때부터 혼자 살아 삶의 모든 것을 혼자서 결정하는 데 익숙한 나는 극단적으로 독립적이고 고립된 인간 유형이었다. 이런 나에게 누군가가 통제를 가하니 견딜 수가 없었다. 라이언과 결혼 생활을 유지하려면 내가 숨죽이고 살며 평화를 유지하거나 라이언을 그 프레임 밖으로 꺼내주거나, 둘 중 하나를 선택해야 했다. 나는 후자를 선택했고 소파 사건 이후에도 돌봄과 도움이라는 명목하에 어머님의 통제권에 휘둘리던 수많은 요소를 분리시켰다.

완전한 분리를 이루는 데에는 1년 정도가 걸렸다. 우리 집 열쇠를 갖고 계신 탓에 전화도 없이 벌컥벌컥 들이닥치곤 하셔서 열쇠를 돌려받았고, 라이언 계좌의 비밀번호도 모두 바꿔 카드지출 내역이나 이동 동선을 볼 수 없게 했다. 사업 관련 이야기도 어머님과 공유하지 않았다. 약속도 없이 갑자기 어디로 오라고 말씀하셔도 거절했다. 어머님의 울타리 밖으로 나온 라이언은 서른이 넘어서야 연말정산 하는 법, 세금 내는 시기 등의 일상 업무를 나와 함께 터득해나 갔다.

부모에게 관심과 사랑을 받지 못한 어린 시절로 말미암아 강박적으로 다른 사람을 돌보면서 인정을 받으려 하는 우리 어머님. 무뚝뚝한 남편과 공감 능력 없는 두 아들과 살면서 감정적 허기로 고통받은 어머님의 인생을 한 여성으로 보면 당연히 안타깝다.

라이언에게 어머님의 어린 시절 이야기나 처녀 시절 이야기를 들려주면 너는 도대체 그걸 어떻게 아냐고 되묻는다. 나는 호주에 겨우 5년 살았을 뿐인데 가족 중 어머님의 이야기를 가장 많이 들어주었다. 내가 그다지 살가운 며느리도 아닌데 말이다. 가족들에게 투명 인간 취급을 받으면서 혼자 소리 치고 울부짖는 어머님의 모습을 상상하면 신화 속 카산드라가 떠오른다.

때로는 나 대신 서글서글하고 순종적인 며느리가 들어와 어머님의 인정욕구를 채워주고 평화를 유지했다면 모두가 행복할 수 있었을까 하는 생각도 해본다. 나같이 드센 며느리가 들어와서 온 가족이 한바탕 전쟁 같은 적응기를 치른 것은 아닌가 죄책감이 들 때도 있다.

하지만 어머님의 인생이 안타깝다고 해서 나다움을 포기할 수는 없었다. 대나무처럼 태어나고 자란 나에게 갈대가 되라고 하니 부러져버릴 것 같았다. 시댁 식구 중 어머님을 가장 잘 이해하는 것이 나인데, 바로 그 점 때문에 거리감을 유지할 수밖에 없는 현실이 모순적일 뿐이다.

아스퍼거 남편도
아빠가 될 수 있을까?

『환승연애2』라는 리얼리티 예능 프로그램이 있다. 헤어진 연인들이 합숙하면서 새로운 인연을 찾아가는 과정을 담은 내용이다. 참가자들은 각자의 전 연인이 누구인지 비밀로 해야 한다. 한때 불타게 사랑했던 헤어진 연인이 다른 이성과 호감을 주고받는 모습을 한 집에서 꼼짝없이 지켜봐야 한다. 참가자들의 미묘한 감정선을 관찰하는 재미가 있다.

연인 사이였던 나연과 희두 역시 다른 참가자들 앞에서 둘의 사이를 감추려고 애쓴다. 오랜만에 나연의 얼굴을 보니 복잡한 감정이 드는 희두와는 달리 나연은 아무렇지 않게 새로운 사랑을 찾는 데 적극적인 모습을 보인다.

나연의 행동이 못마땅한 희두는 불편한 감정을 감추는 것이 쉽지 않다. 모두가 모인 자리에서 나연이 키우는 강아지 사진을 보여주며 "귀엽지?"라고 묻자 희두는 통명스럽게 "하나도 안 귀여운데요?"라고 답한다. 다른 남자와 노닥거리는 나연의 행동에 감정이 상한 희두가 나연이의 말에 사사건건 툴툴대는 것이다.

이 장면을 지켜본 패널들은 박장대소했다. 남의 강아지를 보고 대놓고 '하나도 안 귀엽다'라고 말하는 사람은 거의 없기 때문이다. 원래 동물을 좋아하지 않거나 속으로 사진 속 강아지가 특별한 매력이 없다고 생각하더라도 '예쁘다', '귀엽다'라고 반응해 주는 것이 상식이다. 강아지 주인의 감정을 생각해서 말이다. 이 장면이 웃긴 이유는 '세상에, 저렇게 말하는 사람이 어디 있어?'라는 지점에 있다.

실제로 저렇게 말하는 사람을 알고 있는 나도 희두의 대사를 듣고 한참 동안 웃었다. 희두에게서 라이언의 모습이 겹쳐 보였기 때문이다. 강아지나 어린아이들을 싫어하는 사람들은 거의 없다는데. 희두는 나름 복잡한 감정적 이유가 있어서 나연의 강아지 사진을 보고 귀엽지 않다고 말했지만, 라이언은 그냥 아이들을 싫어했다.

연애 시절 라이언과 함께 길을 걷다가 아장아장 걸어가는 인형 같은 아기를 보고 "완전 귀엽지 않아?"라고 물었더니 "아니, 하나도 안 귀여운데"라고 대답해서 혹시나 아이 부모가 들었을까 민망했던 기억이 있다.

사람이 많은 주말 쇼핑몰에서 지나가다가 유치원생 나이의 아이와 부딪칠 것 같은 상황이 오면 보통은 충돌하지 않도록 어른이 알아서 피한다. 하지만 라이언은 자기가 먼저 방향을 틀지 않으면 아이와 부딪칠 것을 뻔히 알면서도 가던 길을 계속 간다. 기어코 아이와 충돌해서 아이가 넘어져도 그건 한눈파느라 제대로 앞을 보지 않고 걸은 아이의 잘못이라고 말한다. 일반적으로 어른과 아이가 충돌하면 어른이 먼저 '어머, 괜찮니?'라고 물으며 아이의 상태를 확인하는데 말이다. 라이언은 아이가 다쳤는지 그 여부를 확인하기보다는 '잘 보고 다녀'라고 아이에게 주의를 준다.

더욱이 청각이 민감한 아스퍼거 증후군의 특징 때문인지 라이언은 아기 울음소리와 아이들이 내는 소음에 극도로 예민하게 반응한다. 누구에게나 거슬릴 만한 괴성이라면 납

득이 가지만, 아이 두 명이 역할놀이 중에 소곤소곤 나누는 대화 소리나 남들에게는 귀엽게 들릴법한 작은 노랫소리도 불편해한다.

이쯤 되니 라이언과 결혼은 해도 아이를 가질 수는 없을 것 같다는 생각이 들었다. 주변 시야를 다 확보하여 정확히 직립 보행하고, 울지도 않는 아기를 낳을 방도는 없었다.

자기 아이는 다를 수 있다지만, 낳아보기 전까지는 모르는 일이다. 좋은 쪽으로 생각하자며 덜컥 아이를 낳았는데 라이언이 여전히 아기 울음소리를 못 견딘다면? 자식을 낳고 남편을 잃을 것 같았다.

미래에 일어날지, 안 일어날지 모를 일을 자세하게 상상하고 사서 걱정하는 나와는 달리 라이언은 자녀계획 문제에 대해서도 태평했다. 자식은 없어도 되지만, 자기가 어릴 때부터 꿈꿔온 자신의 '드림 패밀리'에는 자식 두 명이 있다고 했다. 우리 부부에게 자식이 허락된다면 그건 인생에서 보너스 같은 일이라고 했다.

라이언의 가족은 부모님과 형, 라이언 이렇게 네 식구다. 라이언과 형은 일 년에 단 두 번, 서로의 생일에만 페이스북

메시지를 주고받는다. 별로 살가운 형제는 아니지만, 그래도 자랄 때 형의 존재가 있었던 것에 감사하다고 했다.

부모가 될 상상을 하면서 나는 온갖 상념으로 머리가 복잡해졌다. 라이언에게 좋은 부모가 될 자신이 있냐고 물어보았다. 라이언은 세 명의 딸을 키우는 알코올 중독자 사촌을 예로 들며 그들도 부모가 됐는데 우리가 왜 부모는 될 수 없냐고, 그들보다는 훨씬 좋은 부모가 될 자신이 있다고 자신만만해했다. 기본적으로 아이들을 좋아하지 않는데 자식은 둘이나 원하고, 부모가 되는 데 두려움조차 없다는 것이 모순적으로 들렸기에 자녀계획을 떠올리면 혼란스러웠다.

20대 때는 우리 부부 둘만의 시간을 충분히 즐기자는 것이 표면상 이유였지만 사실 나는 아이를 별로 좋아하지 않는 라이언의 성향을 걱정하고 있었다.

그러던 중 라이언의 조카 루비가 태어났다. 우리보다 먼저 결혼한 라이언의 형이 첫 딸을 출산한 것이다. 멀리 떨어져 살았기에 신생아 시절에는 몇 번 보지 못했고, 가끔 만날 때도 라이언은 별 감흥이 없어 보였다.

루비가 혀 짧은 소리로 말을 할 수 있게 되고 뒤뚱뒤뚱 걷던 4살 무렵, 우리 집에 놀러 온 적이 있다. 나는 회사에 출근해야 해서 루비를 만나지 못했고 퇴근 후 라이언을 통해 소식을 전해 들었다.

루비 이야기를 하는 이 남자, 눈에서 하트가 쏟아졌다. 루비가 우리 집에 들어오자마자 내 하이힐을 꺼내다 공주놀이를 했고, 간식은 무얼 먹었고, 형이 기저귀를 2번 갈아주었으며, 자신을 "엉끌 롸욘"이라고 불렀다고 호들갑을 떨었다. 세상에 어쩜 그렇게 귀여운 생물체가 존재할 수 있는지 경이롭다고도 했다. 휴대전화로 찍은 루비의 영상을 반복해서 보여주기도 했다. 나는 아이들을 좋아하는 편인데도 자꾸 같은 사진과 영상을 보여주니 지겨울 지경이었다. '피는 물보다 진하다'라는 식상한 말이 이렇게 와닿는 순간이 있을까? 희망이 보였다. 조카를 대하는 모습을 보니 라이언도 좋은 아빠가 될 수 있을 거란 확신이 들었다. 아이가 울어도 견뎌내고, 소리를 질러도 버텨낼 것 같았다. 친자식은 조카보다 몇 배나 더 사랑스러울 테니까.

루비 덕에 나는 마음 푹 놓고 엄마가 될 수 있었다. 나는 26살에 결혼해서 32살에 첫 아이를 낳았다. 6년 동안 자녀 계획을 미룬 것이 혹시 아스퍼거 증후군의 유전 가능성과 관련이 있냐고 묻는 지인들도 있었다. 아스퍼거 증후군의 유전 여부는 정확하게 밝혀진 바 없지만, 가족 중 한 사람이 아스퍼거 증후군 진단을 받게 되면 다른 가족 구성원도 연이어 진단받는 일이 흔하기 때문에 유전 여부에 대한 이슈는 끊임없이 논의되고 있다.

연애 시절부터 우리 부부는 라이언의 아스퍼거 증후군에 대해 정확히 인지하고 있었고, 이에 대해 활발하게 소통했다. 하지만 우리가 아스퍼거 증후군의 유전 여부를 놓고 고민하거나 걱정한 적은 한 번도 없었다. 우리 아기가 아스퍼거 증후군을 갖고 태어난다 해도 라이언이 자신의 삶을 잘 살아낸 만큼 우리 아기도 잘 살아낼 것이라는 믿음이 있었다. 결핍을 안고 태어난 아이인 만큼 살아가면서 많은 어려움을 겪겠지만, 인생은 원래 어렵고, 이 세상에 완벽한 사람이라는 건 없다.

오히려 아스퍼거 증후군을 가진 아이가 이 세상에 태어

나야 한다면 우리 부부에게 오는 것이 가장 이상적일 수 있다. 엄마는 아스퍼거 증후군에 대해 이해의 폭이 넓은 사람이고, 아빠는 같은 장애를 가진 당사자다. 우리 부부만큼 이 아이의 '특별함'을 잘 헤아릴 수 있는 부모는 없다고 생각했다.

《아스퍼거 증후군이 아닌 척하다》라는 책을 쓴 리안 할러데이 윌리는 딸이 7세 때 아스퍼거 증후군 진단을 받으면서 자신도 아스퍼거 증후군이라는 것을 알게 된다. 딸이 발달장애의 일종이라고 진단을 받자 남편은 두려움에 눈물을 흘리지만, 리안은 담담하게 대처했다. 오히려 리안은 아스퍼거 증후군을 안고 살아온 자신의 경험이 딸에게 삶의 길잡이 역할을 해 줄 수 있어 다행이라고 느꼈다. 아스퍼거 증후군을 갖고 있음에도 불구하고 마음 맞는 친구를 사귀고 결혼을 하고, 대학 교수로 존경받는 직업을 얻기까지 고군분투하며 터득해 온 그녀의 생존방식들을 딸에게 고스란히 가르쳐줄 수 있다고 생각했기 때문이다.

다르다는 것은 도전해 볼만 하지만, 나쁘거나 할 수 없거나 옳지 않은 것은 아니었다. 아스퍼거 증후군의 세상은 어떤 것이라는 나의 타고난 이해는 딸이 이 세상을 살아가는 동안 딸의 길을 도와줄 것을 알았다. 우리는 필요한 대답을 찾을 것이다.

《아스퍼거 증후군이 아닌 척하다》 중에서

아스퍼거 증후군을 갖고 태어난 아이가 다른 사람들은 이해하지 못하는 자기만의 세계에 갇혀 있을 때, 남들과 다르다는 외로움에 마음이 힘들 때, 세상 사람들의 행동이 도무지 이해되지 않아 마음이 답답할 때 비장애인 부모라면 어쩔 줄 몰라 할 것이다. 하지만 우리 부부에게 아스퍼거 아이가 찾아온다면 거울을 보듯 자신과 똑같은 아빠가 아이의 작은 머릿속 혼란에 답해주고 작은 마음을 있는 그대로 이해해 줄 것이다. 아스퍼거 증후군의 유전 여부가 우리 부부에게 전혀 중요하지 않은 이유였다.

블로그에 올린 우리 가족 이야기를 읽고, 종종 연인이 아스퍼거 증후군을 갖고 있는데 결혼해도 될지, 향후 자식에게 증상이 유전되는 건 아닌지 걱정하며 조언을 구하는 댓글을 다는 사람들이 있었다. '어떤 사람과 연을 맺는가'만큼 '그 사람과 어떻게 그 연을 이어가는가' 역시 중요하다. 또한 '어떤 아이를 낳느냐'보다 '어떤 아이로 키우느냐'가 더 중요하다. 완벽한 이상형이라고 생각해서 결혼한 상대에게 실망하기도 하고, 자폐 스펙트럼 없이 정상적으로 태어난 사람도 살다 보면 우울증이나 각종 정신질환으로 고통받는 일이 흔한 게 우리의 삶이니 말이다.

고마워요

샘 해밍턴

호주에 사는 동안 나는 라이언의 졸업식을 자주 상상하곤 했다. 가끔은 졸업식 꿈까지 꿨는데 꿈속에서도 정말 행복했다. 라이언의 졸업은 한국 귀국을 뜻하기 때문이다. 덥고 모든 게 여유롭다 못해 느려터진 호주가 싫었던 나는 한국에 돌아갈 날만 손꼽아 기다렸다.

라이언이 마지막 학기를 앞두고 있을 때 우리는 첫 아이를 임신했다. 양공주와 튀기 에피소드 때문에 잔뜩 겁먹은 나는 우리 부부가 자식을 갖는다면 아이를 한국에서 키워서는 절대 안 된다고 생각했다. 나야 다 큰 성인이니까 양공주 소리를 들어도 무너지지 않을 수 있지만, 아직 어린 아이가 성장하는 과정에서 튀기, 잡종 같은 소리를 듣거나 놀림을 당하면 정서의 근간이 흔들릴 것 같았다. 라이언은 내가 과민반응하는 것이라며 행여 그런 일이 있더라도 부모인 우리가 잘 다독이고 가르쳐주면 된다고 호주인 특유의 느긋함으로 대응했다.

천생 한량이 못 되는 나만 걱정이었다. 한국에 돌아가더라도 아이가 말귀를 완벽하게 알아듣고 학교생활을 시작할 즈음에는 호주로 돌아와야 한다고 생각했다. 혹시나 아이가 다른 외모 때문에 놀림을 받고 들어서는 안 될 말을 듣는 일이 없어야 하기 때문이다. 당장 한국에 돌아간다 해도 한국에서 살 수 있는 기간이 최장 7년 남짓으로 정해진 셈이었다. 그럴 바에는 호주에서 좋은 직장도 구했고 자리 잡았으니 그냥 호주에 계속 사는 것이 어떠냐고 시댁 가족들과 지인들이 권했다. 그럴수록 나는 더 한국에 돌아가고 싶었다. 단 7년이라도 한국에서 살 수 있는 마지막 기회를 놓치고 싶지 않았다.

그런데 우리는 햇수로 10년째 한국에 살고 있다. 이 모든 게 샘 해밍턴 덕분이다. 무슨 소리인가 싶겠지만, 유명인 가정의 일상을 담은 『슈퍼맨이 돌아왔다』라는 TV 프로그램이 다문화가정과 아이들에 대한 인식을 매우 긍정적으로 변화시켜 주었다. 영어권 백인 인종에만 한해서라고 생각할 수도 있다. 하지만 가나와 콩고 출신 유색인종 외국인들도 큰 인기를 끌고 있는 것을 고려하면 대중들이 다문화가정이나 주한외국인들에게 친숙함을 느끼게 하고 호의적인 시선을 갖게 하는데 『슈퍼맨이 돌아왔다』류의 프로그램이 큰 영향을 미쳤다고 생각한다. 다문화가정의 일원으로서 피부로 느끼는 변화다.

떠날 때만 해도 양공주 소리를 들었었는데 단 5년 만에 한국은 변해 있었다. 『비정상회담』이라는 주한외국인 패널들의 토론 예능 프로그램이 큰 인기를 끌면서 외국인을 바라보는 시선이 긍정적으로 변했다. 『비정상회담』 프로그램이 종료된 후에도 많은 출연자들이 탄탄한 팬덤을 이루고 꾸준히 방송인으로 활동하고 있으니 말이다. 『비정상회담』이 쏘아올린 공을 이어받아 외국인들이 출연하는 방송이 늘어났고, 가족 예능에 샘 해밍턴의 두 아들이 등장하여 국민 손자로 등극했다.

6개월 된 첫 아이와 함께 귀국하여 맞이한 한국 생활은 정말 따뜻했다. 연애 시절 받았던 따가운 시선이 따뜻한 관심으로 바뀐 것을 온몸으로 느낄 수 있었다. 유모차를 끌고 나가면 우리 딸은 어딜 가나 예쁨을 받았고, 호주에서 왔다고 하면 사람들은 샘 해밍턴의 두 아들, 윌리엄과 벤을 향한 팬심을 그대로 우리 가족에게 투영했다.

한국에 사는 외국인은 주한미군 아니면 여행경비를 벌기 위해 한국 땅에서 쉬어가는 영어 강사라고 생각하지 않고, 다양한 직업 역할을 수행하는 우리 사회 속에서 꼭 필요한 이웃으로 받아들인다는 느낌을 받았다. 이쯤 되면 4호선 아저씨가 또 나를 양공주라고 불러도 지하철에 있는 수많은 윌리엄과 벤틀리의 할머니 할아버지를 자청하는 어르신들이 내 편을 들어주실 것만 같았다.

이대로라면 한국에서 아이를 키울 수 있을 것 같다는 생각이 들었다. 캐나다인 아빠를 둔 아이돌 스타 전소미 님도 자라면서 잡종이라는 말을 들어 상처받았지만, 그때마다 아빠와 엄마가 잘 보살펴주어 단단하게 자랄 수 있었다는 인터뷰를 보고도 힘을 얻었다. 전소미 님이 자랄 때보다 한국은 훨씬 더 따뜻해져 있기에 더더욱 우리 아이들을 한국에서도 잘 키울 수 있을 것이라는 자신감이 들었다.

역시나 달라진 사회현상에 대해서 무슨 논문 쓰듯이 분석하며 희망에 부풀었다가 걱정했다가 하는 것은 나 혼자일 뿐이고 천생 한량 라이언 양반은 "그것 봐, 내가 뭐라고 했어?"라며 느긋하게 굴었다. 저 느긋함, 지긋지긋하면서도 부럽다!

혼혈아, 다문화, 믹스드?
뭣이 중헌디!

다시 돌아온 한국에서 우리 가정을 일컫는 새로운 라벨(label)이 있음을 깨달았다. 엘리베이터에서 한 초등학생이 우리 딸을 보고 귀엽다며 인사했다. 딸의 얼굴을 가까이에서 본 그 학생은 잠시 의아해했다. 딸의 손을 잡고 있는 나를 한번 올려다보고, 바로 옆에 서 있던 라이언을 보더니 수수께끼가 풀렸다는 듯 개운한 표정으로 말했다.

"아, 다문화가정이구나. 엄청 귀엽다 너~."

다문화? 요즘은 국제결혼 가정을 이렇게 부르는구나. 초등학생이 알 정도라면 학교에서 다문화 교육에 힘을 쓰는 모양이었다. 잡종, 튀기, 양공주 같은 단어보다 훨씬 격식 있고 공식적이며 다정한 느낌이라 반가운 마음이 들었다.

며칠 후 딸아이와 함께 라이언이 강사로 일하는 직장에 들렀다. 남편의 비자 관련 서류를 제출하고, 거기 계시던 이 모뻘의 한국인 직원분과 이야기를 나누게 되었다. 딸아이 눈 밑에 다크서클이 질은 걸 보고 그 분이 걱정을 하셔서 내가 안심시켜드렸다.

"아무래도 백인-동양인 혼혈아라서 피부가 하얗다 보니 다크서클이 더 부각이 되는 거래요. 건강에는 이상이 없다고 하더라고요. 안 그래도 병원에 물어봤어요."

"어머, 자기는 '혼혈아'라는 말을 대놓고 하네? 어떤 사람들은 단어 선택에 워낙 민감해서 이야기 나눌 때 항상 조심해야 하거든. 자기랑은 편하게 이야기해도 돼서 너무 좋다."

"네? 혼혈아가 나쁜 말이었어요? 그럼 뭐라고 말해야 해요?"

"요새는 다문화라고 하지. '다문화 가정', '다문화 아동' 이렇게. 어떤 사람들은 엄청 예민하게 반응해. 혼혈아라고

말하는 건 매너가 아니야. 자기들끼리는 믹스드(mixed)라고
도 부르더라."

맞다. '다문화'가 있었지. 아파트 엘리베이터에서 한 초
등학생이 우리를 '다문화가정'이라고 불러주었을 때 존중받
는 느낌이 들었던 기억이 났다. 나 역시도 다문화라는 단어
가 더 듣기 좋기는 했다. 하지만 상대가 '혼혈아'라는 단어를
썼다고 싫은 내색을 하며 상대의 언어습관을 고쳐주는 것은
불필요하다고 느껴졌다.

사람들은 타인의 삶에 그다지 관심이 없다. 대한민국에
서 다문화가정은 소수이기에 모든 사람이 그들의 입장을 시
시콜콜 알 수는 없다. 우연히 만난 상대방이 소수자인 내 기
준의 예의를 훤히 꿰고 있기를 기대하는 것은 무리가 있다.

다른 인종끼리 피가 섞였으니 한자어 그대로 '혼혈아'가
맞다. 한때 한국에서 혼혈아는 주한미군과 한국인 사이에서
태어난 자녀들이 거의 유일했던 시절이 있었다. 하지만 그
런 배경 때문에 '혼혈아'라는 말 자체를 금지하는 것은 다소
민감한 대처 아닐까? 영어로 '믹스드'라고 하면 괜찮을 이유

는 또 뭔가?

심지어 '다문화'라는 말도 2023년 현재에는 한국인 남성과 동남아시아 여성 사이에서 태어난 자녀들을 낮잡아 부르는 말이 되었다. 다문화가정 출신의 한 래퍼는 학창 시절 내내 왕따를 당했고, 학교에서 이름 대신 '다문화'로 불렸다고 털어놨다.

'다문화'라는 말이 처음 만들어졌을 때의 취지와는 다르게 또다시 차별적인 인식과 편견이 이 용어를 오염시켜놓았다. 다문화라는 말이 가진 부정적인 인식을 지우기 위해 새로운 용어를 만들어야 한다는 목소리까지 나오고 있다. 하지만 근본적인 인식이 바뀌지 않는 한 새로운 말을 만들어봤자 소용없다. 시간이 지나면 그 말에도 차별이 덧씌워질 것이 뻔하기 때문이다.

나는 이러한 용어들을 문자 그대로의 의미만 받아들이고 숨겨진 비유나 뒤틀린 속뜻 따위는 개의치 않기로 했다.

'어느 하나에 소속하지 못하고 잡다한 것이 뒤섞인 것'이라는 사전적 의미에 의하면 우리 가족은 '잡종'이 맞다. 내 자식은 '혈통이 다른 종족 사이에서 태어난 아이'이므로 '혼혈아'가 맞고, 영어로 믹스드(a mixed child)도 맞다. 우리 가족은 '국제결혼을 한 부부와 그 자녀로 이루어진 가정'이므로 '다문화가정', '다문화'도 맞다.

아스피의 눈으로 세상의 이야기를 들으면 복잡하고 혼란했던 세상이 단순하게 느껴지는 장점이 있다. 라이언은 항상 비장애인인 나에게 배운다고 하는데 나도 라이언에게 아스퍼거 증후군을 배우고 그것으로 인한 혜택을 누린다.

물론 그냥 넘어갈 수 없고, 넘겨서는 안 되는 말도 있다. 사람을 동물에 비유하며 낮잡아 부르는 말인 '튀기'가 그렇다. 튀기의 정의는 '종(種)이 다른 두 동물 사이에서 난 새끼'인데 우리는 인간이다. 동물이 아니다. 그러나 너무나 맑은 얼굴로 '네 자식은 튀기라서 예쁘겠다'라고 말씀하시는 아버지를 둔 내가 모르고 실수한 사람에게 너그러이 굴지 않을 리 없다. 아버지에게 무엇이 잘못됐는지 알려드렸듯이 그들에게도 차분히 잘못을 알려준다. 간혹 악의를 가지고 그런 말을 하는 사람을 만났을 땐 주저 없이 신고한다.

'미군 병사를 상대로 몸 파는 여자를 이르던 말'을 뜻하는 양공주도 그냥 넘어갈 수 없다. 누가 또 나를 양공주라고 부른다면 이번에는 광분하지 않고 가족관계증명서를 보여줄 것이다. 당신은 왜 국제 커플을 볼 때마다 그런 말을 하는 건지 진지하게 물어볼 것이다. 그 사람에게 커피를 사줄 수도 있고 밥을 사줄 수도 있다. 그 미친놈의 그 속내가 궁금하기 때문이다.

말은 말일 뿐이다. 말을 뱉은 사람의 속내가 중요하지 말은 껍데기 형식일 뿐이다. 껍데기 때문에 상처받고 에너지를 필요가 있을까? 혼혈아, 믹스드, 다문화? 뭣이 중헌디!

아빠가
'한글 사람'이면 좋겠어?

첫째 딸아이가 6세 때 새로운 유치원으로 옮기면서 셔틀버스를 타고 등원하게 되었다. 아이들 등원 담당은 남편이다. 내가 아이들 아침을 먹이고 등원 준비를 시켜두면 남편이 두 아이를 데리고 나가 첫째는 셔틀버스에 태우고 둘째는 아파트 단지 내 어린이집에 데려다준다. 새 학기가 시작되고 아이들은 며칠 간은 아빠와의 등원 루틴을 잘 지켰다.

그런데 어느 날 첫째 딸이 아침에 엄마가 셔틀버스 배웅을 나와주면 안 되겠냐고 물었다. 이유를 물어보니 7세 남자아이들이 저 애 아빠가 이상하다고, 아빠가 미국 사람이고 엄청 뚱뚱하다고 큰 소리로 말한 모양이었다. 그래서 마음이 불편해진 딸아이가 다른 친구들처럼 엄마가 등원을 시켜주었으면 좋겠다고 했다.

당시 남편과 나는 집에서 영어 공부방을 운영하고 있었다. 오전에는 내가 성인들 대상으로 수업을 하고, 오후에는 남편이 아이들을 가르쳤다. 아침에 조금만 더 부지런하게 움직이면 내가 아이들을 등원 시키고 첫 수업을 하는 것도 물리적으로 불가능하지는 않았다.

드디어 올 것이 왔구나, 그런 생각이 들었다. 명동역 '양공주' 사건이 깔아준 복선이 현실이 되기 시작했다. 우리 아이들에게 '다름'에 대해 어떻게 인지시켜줘야 할지, 이런 상황이 벌어졌을 때 어떻게 대처해야 할지 늘 고민해왔지만, 여전히 개운한 답을 찾지 못한 상태였다. 자식 문제에 뚜렷한 정답을 가진 부모가 있긴 한 걸까.

여러 생각이 들었지만 일단 남들의 시선이 불편하다는 이유로 '다름'을 감추며 불편한 상황을 피해서는 안 된다고 판단했다. 내가 등원을 맡는다고 해도 언젠가 라이언이 유치원 행사에 참여라도 하게 되면 아이의 친구들은 또 놀라게 될 것이다. 시기를 조금 늦출 뿐이지 비슷한 상황을 계속 겪게 될 게 뻔했다. 그럴 바에야 매일 아침 아빠와 함께 있는 모습을 보여줘 같은 유치원생들, 더 나아가 이 동네 모든 아이들에게 외국인 아빠, 외국인 엄마를 둔 가정이 있을 수도 있다는 것, 가족 형태는 다양하다는 것을 알려주는 것이 우리 딸에게도 더 나을 거라고 생각했다.

　더욱이 아이는 친구들에게 놀림을 받아 아빠의 존재가 부끄럽게 느껴지고 혼란스러운 상황인데 엄마인 나까지 아빠의 존재를 숨기는 것으로 그 상황을 모면하면 아빠는 부끄럽고 숨겨야 하는 존재라고 인정해버리는 꼴이 될 것 같았다. 아이가 불편한 감정을 갖게 된 외적 요인을 제거하는 것에 급급할 것이 아니라, 이 일을 계기로 우리 가족에 대해 잘 설명해 아이의 혼란을 정리해 주어야 했다.

　덧붙여, 집안일 중 남편의 몇 없는 고정업무가 쓰레기 버리기와 아이들 아침 등원인데 그것마저도 내가 맡기는 싫었다!

　어떻게 설명해 주어야 할까? 딸이 무엇을 얼마나 알아들을 수 있을지 고민하며 물었다.

　"아빠가 날씬한 한국인 아빠였으면 좋겠어?"

　"……아니. 음……, 그런 건 아닌데……."

나는 열심히 아이를 설득했다. 엄마는 오전 수업 때문에 바쁘다. 바쁜 엄마가 너와 동생을 등원 시키면 계속 뛰어다녀야 하는데 그러다 다칠 수도 있다. 오전에 쉬는 아빠가 등원을 맡아야 모두가 더 편안할 수 있다.

그리고 아빠는 미국 사람이 아니라 호주 사람이다. 미국은 유튜브 '라이언의 토이 리뷰' 채널에 나오는 라이언이 사는 나라고, 호주는 할머니, 할아버지가 사는 나라다.

또한, '영어 사람'이 아빠일 수도 있고 '한글 사람'이 아빠일 수도 있다. 그게 잘못되거나 이상한 일은 아니다. 옆 아파트 단지에 사는 줄리 아빠도 영어 사람이다. (아이들은 동양인은 모두 한글을 쓴다고 생각해 한글 사람이라고 부르고, 서양인은 모두 영어를 쓸 거라고 생각해서 영어 사람이라고 부르곤 한다. 나는 우리 아이만 그런 줄 알았는데 한글과 영어의 존재를 아는 아이들은 '한글 사람', '영어 사람'으로 동양인과 서양인을 구분하곤 한다는 것을 학부모들과 대화를 통해 알게 되었다. 그래서 아이들 눈에는 일본인, 중국인도 한글 사람이고, 유럽인들은 모조리 영어 사람이다.)

아빠가 뚱뚱한 건 맞지만, 그건 부끄러울 일이 아니다.

사람은 뚱뚱할 수도 있고 날씬할 수도 있다. 둘 다 잘못이 아니다. 겉모습만 보고 놀리는 그 오빠들이 잘못한 거다. 엄마는 날씬한 한글 아빠가 온다 해도 라이언과 바꿀 생각이 없고, 뚱뚱한 영어 사람이라도 라이언이 제일 좋다고 말해주었다.

"니도 우리 아빠가 제일 좋아! 아무랑도 안 바꿔!"
"그렇지? 엄마도 그래. 엄마는 아빠가 제일 좋아. 그래서 아빠랑 결혼한 거야."

그날 이후로 딸아이는 지나가다 풍채가 좋은 남자들을 발견할 때마다 귓속말을 해왔다. "엄마! 아빠보다 큰 사람이야!" 아빠가 특이한 게 아니라 뚱뚱한 사람이 더 있다는 걸 재차 확인하며 안심하는 것 같았다.

TV에 호주인 개그맨 샘 해밍턴과 그의 가족이 나오면 "엄마 윌리엄도 아빠가 영어 사람인가 봐. 줄리도 영어 아빠 있고 나도 영어 아빠 있는데"라며 다양한 가정의 모습이 있다는 사실들을 받아들이고 있다.

세상의 다양한 모습을 눈에 담을수록 딸은 궁금한 게 많아졌다. 어느 날 딸아이가 한국에는 온통 한글 아저씨들밖에 없는데 엄마는 어떻게 영어 아저씨인 아빠를 만났냐고 물었다.

엄마가 호주에 있는 카페에서 일하고 있었는데 손님으로 온 아빠가 엄마한테 첫눈에 반했다고 말해주었다. 아빠가 엄마한테 "왓츠 유어 네임?"이라고 묻고는 "땡큐 모니카"하고 갔다는 이야기를 해 주었더니 계속 "땡큐 모니카!", "땡큐 모니카!"하고 아빠를 놀렸다.

한번은 딸아이가 가장 좋아하는 친구들 순위를 매기면서 제일 좋아하는 남자친구가 누구인지 은밀하게 말해주었다.

"그럼 너는 ○○이 하고 결혼할 거야?"

"아니? 나는 영어 사람이랑 결혼할 건데? 나는 아빠 같은 영어 사람이랑 결혼할 거야."

아빠가 평범하지 않다는 걸 알고 있고, 우리 가족은 어딜 가나 시선을 받는다는 것도 누구보다 잘 알면서도 딸아이는 커서 아빠 같은 사람과 결혼하겠다고 했다. 딸아이의 이 말은 나에게 표현할 수 없을 만큼 큰 안도와 행복을 주었다. 딸이 어느 인종, 어느 국적 사람과 결혼하든 전혀 상관없고 부모로서 선호도 따위도 없다. 껍데기가 어떻든 딸이 사랑하는 사람과 결혼하면 된다는 주의다.

그런데 영어 사람과 결혼하고 싶다는 딸의 말이 남다른 감동으로 다가온 것은 아이가 한국에 살면서도 다수와 다른 아빠의 모습을 있는 그대로 인정하고 수용하고 있다는 것이 느껴져서다. 아이가 아빠의 다름을 부끄러움으로 여기지 않고 진심을 다해 마음껏 아빠의 존재 자체를 사랑하고 있다는 걸 보여주었다.

아빠의 다름을 있는 그대로 받아들이지 못했다면 아이는 '왜 우리 아빠는 한글 사람이 아닐까? 왜 우리 집만 남들과 다를까? 나는 커서 꼭 한글 사람과 결혼해서 평범하게 살아야지'라는 생각을 할 수도 있다.

우리 아이들이 사회의 주류에서 조금 벗어난다고 해서 주눅 들지 않았으면 좋겠다. 다수와는 달라서 소수에 속해도 열등감을 느낄 필요 없다. 다름 때문에 속상한 상황이 생겨도 "내가 남다른데 그래서 어쩌라고?"라고 당당하게 대응할 수 있는 자존감이 높은 아이들로 자랐으면 좋겠다.

"너희 아빠 외국인이라며?"

"응. 근데 뭐?"

"너희 아빠 진짜 뚱뚱하다"

"응. 근데 어쩔티비?"

너무 센가? ㅋㅋ

둘째를
낳은 이유

나는 겉으로는 화통해 보이지만 잡생각이 많고 미래에 대한 걱정이 많은 터라 두 아이 출산도 철저히 계획하에 실행했다. 대부분 첫째를 키우면서 둘째를 낳을까 말까 고민한다. 이 고민은 마침내 둘째를 낳거나 가임연령이 지나야 끝난다. 고민하는 게 너무 지겨워서 그냥 낳았다는 사람도 있으니 기혼 여성들에게 이 부분이 얼마나 중대한 사안인지 알 수 있다.

그런데 나는 단 한 번도 이 부분에 대해 고민한 적이 없다. 처음부터 무조건 두 명은 낳는다는 주의였다. 우리 부부의 자식은 혼혈이라는 점 때문이었다. 생각이 많은 탓에 아이에 대해 상상하다 보면 늘 좀 멀리 갔다. 아이가 남다른 외모 때문에 놀림을 받고 울면서 집에 오는 장면까지 상상의 나래를 펼치곤 했다. 임신도 하기 전에 말이다. 아이가 울면서 왜 나는 다른 아이들과 다르게 생겼냐고, 엄마는 나를 왜 이렇게 낳았냐고 물으면 뭐라고 위로해 줘야 할지 막막했다.

다문화가정으로 한국에서 살면서 받는 차별과 혼혈아가 외모 때문에 받는 차별은 같은 듯 약간 다르다. 다문화가정이라서 받는 시선은 남편, 나, 아이 모두에게 해당된다. 이 경우 속상한 아이 마음을 엄마, 아빠도 완전히 이해하니 같이 이겨내자고 아이를 다독일 수 있을 것 같다. 그런데 아이가 다른 외모 때문에 놀림을 받고 집에 돌아왔을 때에는 내가 아무리 위로해 줘도 부족할 것 같았다.

"엄마는 내 맘 몰라. 엄마는 그냥 한국 사람이잖아. 아빠도 그냥 호주 사람이고. 엄마 아빠는 나랑 달라. 엄마 아빠는 내 마음을 몰라!"

아이가 이렇게 말한다면 어떻게 달래주어야 할지 마뜩한 방법이 떠오르지 않았다. 자신만 다르다는 생각은 아이를 너무 외롭게 할 것 같았다. 엄마 아빠는 나를 사랑하지만, 이 세상에 내 마음을 오롯이 이해할 수 있는 사람은 없다고 생각한다면 아이가 세상을 너무 멀게 느낄 것 같았다.

그래서 자식을 아예 낳지 않는다면 몰라도, 한 명이라도 낳는다면 무조건 둘은 낳아야 한다고 처음부터 생각했다. 다른 외모 때문에 놀림받아 울면서 집에 들어왔는데 집에 비슷하게 생긴 형제자매가 있다면 그 애의 존재만으로 위로를 받을 수 있을 것 같았다. 형제자매의 존재 자체로 "넌 혼자가 아니야"라는 메시지를 뿜는 것이다. 그건 부모는 무슨 말로도 줄 수 없는 위로다.

우리는 세상에 나 혼자라고 느껴질 때 가장 큰 슬픔을 느낀다. 좌절하고 실의에 빠졌을 때 나와 비슷한 힘듦을 겪고 있는 사람이 또 있다는 걸 보는 것만큼 큰 위로는 없다. 혼자가 아니라는 생각은 힘을 북돋아 준다.

내 상상이 과했던 건지 첫 아이가 3학년이 된 지금까지 아이가 외모 때문에 놀림을 받고 집에 온 적은 단 한 번도 없었다. 오히려 우리 아이는 자신의 다름을 특별함으로 여기는 성향이 짙어서 자신감이 과할 정도다. 어릴 때부터 딸에게 세뇌를 시켜서 그런가 보다.

"네 머리 색이 너무 예뻐서 엄마도 똑같은 색으로 염색했어. 엄마는 쌍꺼풀 짙은 네 눈이 너무 부러워. 엄마 이름은 네 글자라서 항상 관심을 받았어. 그런데 네 이름은 아홉 글자니까 엄마보다도 기네? 네가 엄마를 이긴 거야! 우리 딸, 어딜 가나 관심을 독차지하겠네? 정말 좋겠다!"

이 정도면…… 가스라이팅인가?

아스퍼거 남편 설명서

아스퍼거 증후군의
귀를 여는 마법의 두 문장

라이언과 대화할 때 내가 습관적으로 하는 말이 있다. "당신 잘못이 아닌 거 알아"와 "지금 당신 탓을 하려는 게 아니야"다.

라이언은 저 두 가지 전제가 확립되어야 다른 사람들과 정상적인 대화를 나눌 수 있다. 누가 질문을 하거나 말을 걸면 상대가 자신의 잘못을 지적하거나 심지어 자신을 공격하려는 의도를 가졌다고 생각하는 경향이 있기 때문이다.

연애와 결혼을 거치며 내가 느낀 점은 라이언은 가벼운 질문에도 상당히 자기방어적인 태도를 취한다는 것이다. 다른 사람이 자신을 공격할 의도를 가졌다고 생각해서 자기방어를 기본 자세로 하여 상대방의 말을 듣는다. 때문에 대화의 방향이 말을 꺼낸 사람의 의도와는 전혀 다른 방향으로 진행되곤 한다.

예를 들어 내가 "지난 휴가 때 일정이 너무 빡빡하지 않았어?"라고 물으면 라이언은 "내가 일정을 짠 게 아니잖아. 네가 거기 가고 싶다고 했잖아"라는 식으로 반응한다.

내 의도는 단순했다. 지난 휴가 때 나는 좀 피곤했는데 그는 어땠는지를 알고 싶었을 뿐이다. 일정이 빡빡해서 피곤함을 느낀 원인을 찾겠다거나 누구를 탓하려는 의도는 전혀 없었다. 그가 내 질문에 괜찮았다고 대답한다면 '몸이 좀 힘들어도 여행 가서 많이 보고 경험하고 오는 게 좋은 거니까 다음에도 내가 좀 참을까?' 정도의 생각을 할 것이고, 그도 피곤했다고 대답한다면 '다음 휴가 일정은 좀 느슨하게 짜보자'라는 합의에 다다랐을 것이다. 그 정도가 내 의도였다.

일상 대화 중에 일일이 상대의 반응을 상상해보고 말을 던지지는 않지만, 내가 예상했던 대화 흐름은 대략 이랬다.

"지난 휴가 때 우리 일정이 너무 빡빡하지 않았어?"
"나는 괜찮았는데 넌 좀 힘들었어?"

딱 이 정도의 티키타카를 원했다. 그런데 라이언이 갑자기 '탓'과 '방어'를 하기 시작하니 대화는 산으로 가버렸다.

"우리 애들이 영어를 한국말만큼 못하는 것 같아서 걱정이야"라고 내가 말하면 라이언은 "내가 보기엔 아무 문제도 없는데 뭘 그래?"라고 현실 부정을 해버린다. 첫째는 호주에서 태어나 돌 전에 한국에 들어왔고, 둘째는 한국에서 태어났다. 둘 다 공립학교와 병설 유치원을 다니고 있으니 우리 아이들은 영어보다 한국어에 더 많이 노출되어 있다.

다문화가정의 자녀들이 무조건 부모의 언어를 원어민 수준으로 구사할 수 있는 것은 아니다. 아이들은 거주하는 나라의 언어를 모국어로 구사하게 되고, 다른 언어는 부모가 상당히 신경을 써야 모국어와 비슷한 수준으로 발달시킬 수 있다. 우리 가정의 경우 특별히 아이들 영어 교육에 신경을 쓰지 않았기 때문에 큰아이가 초등학교 2학년을 마칠 때까지 영어를 읽고 쓰는 능력은 전혀 없었고 말하기 능력도 기초 회화를 조금 할 수 있는 정도였다. 아이들은 이른 아침 출근해서 저녁에 퇴근하는 아빠와 마주치기가 힘들었고,

주말에 아빠가 집에 있다고 해도 워낙 과묵한 라이언의 성격 탓에 아이들이 집에서 영어를 쓸 일이 별로 없었다. 아이들은 아빠와 엄마가 영어로 나누는 이야기를 전혀 이해하지 못했고, 아빠에게 무언가를 요청할 때 엄마에게 통역을 요구하는 일도 잦았다.

아빠가 한국말을 전혀 못 하기 때문에 (앞으로도 할 수 있을 것 같지 않으니) 아이들이 영어를 제대로 구사하지 못하면 아이들은 아빠와 깊은 소통을 나눌 수 없다. 나는 부모로서 이 심각한 문제에 대해서 진지하게 라이언과 대화를 나누고 싶었다. 그러나 라이언이 우리 아이들 영어에는 아무 문제가 없고, 자신은 아이들과 항상 100퍼센트 완벽한 소통을 하고 있다고 반응하니 더 이상 대화가 진행되질 않았다.

국제학교에서 원어민보다 영어를 더 잘하는 한국 아이들을 가르치는 사람이 영어 문맹인 자기 자식들의 영어가 완벽하다고 평가할 리 없다. 그가 정말로 우리 아이들의 영어 문제를 자각하지 못한 게 아니라 아내가 자식들의 영어 실력이 걱정된다고 하니 원어민 아빠인 자기를 비난한다고 받아들여 본능적으로 현실 부정을 한 것이다. 아이들의 영어가 완벽하다고 주장하면 아이들 영어 문제에 대해 대화할 필요가 없어지니 아내에게 공격당하는 상황도 자연스럽게 피할 수 있다.

이런 경우 "당신 잘못이 아닌 거 알아"와 "지금 당신 탓을 하려는 게 아니야", 이 두 문장은 방어기제의 빗장을 푸는 묘약이 된다.

"우리 아이들이 한국어보다 영어를 못하는 것은 당신 잘못이 아니고, 내가 지금 이 문제에 대해서 당신 탓을 하려는 것이 아니야. 우리가 호주에 살았으면 아이들이 영어만 잘하고 한국말은 못 했을 텐데 당신이 그걸 내 탓으로 돌리지 않듯 나도 애들 영어 문제로 당신을 비난하지 않아. 당신이나 나나 둘 다 부모잖아. 우리 아이들에게 부족함이 발견된다면 그건 우리 두 명 공동의 책임이야.

이 문제에 대해서 굳이 책임을 따지자면 내 잘못이 더 커. 당신은 직장인이니 아이들과 함께하는 물리적인 시간이 절대적으로 부족해서 아이들 교육에 힘 쏟을 여가 없다는 걸 나도 잘 알고 있어. 그에 비해 나는 아이들과 많은 시간을 함께하는데 아이들 교육에는 신경 쓰지 못했으니 내 불찰이 더 크지. 영어를 아예 못하는 한국인 엄마들도 엄마표 영어로 아이들에게 정성을 쏟는데 내가 그동안 너무 무관심했어.

하지만 이제 우리 첫째가 모국어로 언어를 배울 수 있는 문이 닫히는 나이에 다다른 만큼 올해는 당신과 내가 큰마음 먹고 함께 노력해서 애들 영어 실력을 원어민 수준으로 끌어올려야 된다고 생각해. 우리 아이들은 한국인인 동시에 호주인이야. 자기 나라 언어는 완벽하게 구사할 수 있게 교육하는 게 부모의 도리야."

마법의 두 문장에 이어 구구절절 내 생각을 설명하면 그제야 라이언은 솔직하게 현실을 인정하고 진정한 대화를 시작한다. 흥미로운 점은 이 과정을 거치기 전에는 라이언의 표정과 눈빛, 제스처 등이 적의 공격에 맞서는 장군처럼 근엄하고 단단했다면, 마법의 두 문장을 들은 후에는 미어캣처럼 솟아올랐던 어깨와 몸을 한결 누그러뜨리고 예의 다정한 남편으로 돌아온다는 것이다.

성공적인 대화의 시작은 경청에 있다. 이 마법의 두 문장은 라이언이 경청의 태도를 갖추게 만든다. 내 말을 아예 듣지 않으려고 온몸으로 거부하던 라이언이 마침내 귀를 열고 아무 편견 없이 내 말을 듣기 시작하게 만드는 엄청난 힘이 이 두 문장 속에 있다.

아스퍼거 증후군에 대해 당사자보다 더 열심히 공부한 아내로서 나는 라이언이 부정적으로 사고하거나 방어기제를 뿜어내려고 할 때 단호하게 "컷!"을 외친다. 우리 둘 사이에 쓰는 말 중에 '아스퍼거 순간(Asperger moment)'라는 말이 있다. 라이언이 엉뚱한 소리를 하거나 불필요한 자책을 하거나 부정적 시선으로 현상을 바라볼 때 "당신 지금 그거 아스퍼거 증후군 발현이야, 보통은 그렇게 생각 안 해, 과도하게 생각하지 마"라고 말해준다. 이 말은 라이언에게 따끔한 경고를 주는 옐로카드가 되기도 하고, 그를 심한 불안감과 두려움에서 해방시키고 안도감을 선사하는 그린카드 역할을 하기도 한다. 자신이 느끼는 특정 감정이 아스퍼거 증후군 때문이라고 스스로 인지하는 아스퍼거 순간 혼란스러운 라이언의 마음을 편안하게 해 준다.

"내 머릿 속은 항상 흐릿해."

라이언은 아스피로 사는 건 머릿속이 항상 흐린 상태로 사는 것과 같다고 말한다. 무엇 하나 뚜렷하고 명확한 것이 없다. 사람들이 자기에게 왜 화를 내는지, 왜 황당한 표정을 짓는지 알 수 없고, 매 순간 어떻게 행동해야 옳은 것인지 항상 혼란스럽다. 그럴 때 곁에서 누군가가 네 탓이 아니라고 안심시켜주거나 생각의 방향을 뚜렷하게 제시해 주면 머릿속 구름이 조금은 걷히는 느낌이 든다.

꼭 아스퍼거 증후군이 아니더라도 다양한 이유로 매사에 부정적인 성향을 가질 수 있다. 아스피들은 어떤 일을 앞두고 결과를 예측할 때 부정적으로 사고하는 경향이 있다. 더욱이 결과가 좋지 못한 경우, 객관적으로 원인을 분석하기보다는 실패를 본인 탓으로 돌리고 자책한다. 연인이나 배우자로서 그 사람이 그런 성향을 갖게 된 이유를 이해하지 못했을 때는 상대의 이런 사고방식을 받아들이기가 힘들다. 아무리 긍정적이고 낙천적인 기질을 타고난 사람이라도 가까운 사람이 항상 어두운 생각을 하고 매사에 부정적으로 굴며 초를 치면 지칠 수밖에 없다.

아스퍼거에 대해 잘 모르고 당하면 부정이 긍정을 집어삼킬 수 있다. 하지만 잘 알고 대응하면 긍정이 부정을 좋은 방향으로 끌어올 수 있다. 사랑하는 사람이 있는데 그가 약간 특이하고 남다르다면 그 이유가 무엇인지 이해하려는 노력이 필요하다.

사랑은 감정을 바탕으로 하고, 이해는 사실을 근간으로 한다. 감정은 영원하지 않지만, 사실은 지속되기에 상대를 오롯이 이해하고 나면 사랑이 흐릿해질 때도 상대를 참아낼 수 있다. 상대에 대한 이해를 바탕으로 참아내다 보면 마법의 두 문장 같은 고마운 소통 무기도 발견할 수 있다. 갈수록 삶은 쉬워진다. 갈수록 나아진다.

내 남편은
원칙주의자

개그맨 이경규의 『양심냉장고』를 기억하는가? 『양심냉장고』는 MBC 예능 프로그램 『일요일 일요일 밤에』의 한 코너였다. 당시에는 운전자들이 적신호 시 정지선 안에 정차해야 한다는 도로교통법을 지키기는커녕 그 법의 존재를 아는 사람조차 거의 없었다. 이경규와 제작진이 예고 없이 도로 상황을 주시하다가 정지선을 지키고 정차하는 첫 시민을 발견하면 당일 녹화 미션은 성공이다. 첫 녹화 때는 이 법을 지키는 사람을 새벽 4시가 넘어서야 발견했으니 당시 시민 의식 수준을 가늠할 수 있다.

『양심냉장고』에서는 아무도 없는 깜깜한 밤에도 한결같이 법을 준수한 양심 있는 시민과 축하 인터뷰를 하고 당시 가장 비싼 가전제품이었던 냉장고를 선물로 주었다. 시민의식 향상에 기여하면서 재미와 감동을 주는 교양 예능 콘셉트였다. (『양심냉장고』에 대한 이 구구절절한 설명이 성가시게 느껴진다면 당신은 '옛날 사람'일 것이고, 마냥 신기하게 들린다면 최소한 MZ세대일 것이다!)

어린 시절 즐겨보았던 『양심냉장고』를 다시 떠올리게 된 건 남편 때문이었다. 호주에 살 때에는 몰랐는데 한국에 살다 보니 내 남편이 아주아주 정직한 사람임을 깨달았다. 『양심냉장고』는 아주 오래전에, 그것도 방송 녹화 날에만 시민들을 계몽했지만, 내 남편은 현재 진행형이다. 라이언은 매일 운전할 때마다 대한민국의 시민의식 향상에 기여한다.

좀처럼 싸우지 않는 우리 부부가 차만 타면 싸우는 것도 이 때문이다. 평소 남편은 아스퍼거 증후군의 특성상 내가 하는 말의 의도를 재빨리 읽어내지 못하기 때문에 내가 뭐라고 해도 멍한 반응을 보일 때가 대부분이다. 특히 내가 화를 나거나 감정이 격앙된 상태에서 쏘아붙이듯이 말하면 내 감정을 읽을 수 없는 남편은 더더욱 혼란에 빠져 뭐라 반응할 수 없게 된다. 싸움이라는 것은 서로 말을 주고받아야 성립되는데 남편이 입을 닫아버리니 평소에는 싸움 자체가 불가능하다.

하지만 이런 우리가 차만 타면 싸운다. 깜빡이! 그놈의 깜빡이 때문이다! 남편은 앞 차가 깜빡이를 켜지 않은 채로 좌회전이나 우회전하면 견디지를 못한다. 빵빵! 경적을 세게 울려서 상대에게 자신의 노여움을 알린다. 대부분의 경우, 앞 차 운전자는 경적 소리를 들어도 그냥 제 갈 길을 간다. 자기는 잘못이 없다고 생각하는 경우도 있고, 경적 소리가 자신을 겨냥했음을 인지했더라도 큰 관심을 두지 않는 경우도 있다.

마침 신호대기를 받아 앞 차와 우리 차가 모두 정차를 한 경우 앞 차 운전자가 창문을 내리고 우리 남편에게 왜 빵빵거리냐고 물어올 때도 있다. 그러면 남편은 "깜빡이! 깜빡이 켜야 해요. 오른쪽? 왼쪽? 나는 몰라요!"라고 외친다. 이런 경우도 대부분의 앞 차 운전자는 "오케이"나 "쏘리"라며 웃어넘긴다.

문제는 웃어넘기지 않는 부류와 만났을 때 발생한다.

웃어넘기지 않는 부류의 운전자들은 차에서 내려 우리

차로 다가온다. 남편과 가까이 마주한 상대는 외국인과의 대면에 일단 당황한다. 정해진 수순처럼 남편이 "깜빡이! 깜빡이 켜야 해요. 오른쪽? 왼쪽? 나는 몰라요!"라고 말하면 상대는 같잖다는 듯이 비웃는다. 비웃음에 이어질 상대의 말을 듣고 싶지 않은 나는 필사적으로 상대를 말린다. "깜빡이를 안 켜서서 남편이 경적을 울렸어요. 죄송합니다. 죄송해요"라고 내가 수습에 나서면 침 한번 뱉고 욕설을 중얼거리며 다시 가던 길을 가는 사람도 있고, 기어코 일장연설을 늘어놓는 사람도 있다.

"이보세요. 아내 되시나 본데, 뭐요? 깜빡이? 외국 사람이라서 잘 모르나 본데 아줌마가 잘 좀 전해줘요. 예? 한국 사람들은 원래 깜빡이 안 켠다고! 로마에 왔으면 로마법을 따르라고 해요. 싫으면 자기 나라 가서 살면 되겠네!"

남편은 앞 차 운전자가 무슨 말을 하는지 전혀 이해하지도 못하고 상대의 언어폭력에 스스로 대응할 한국어 능력도 없으면서 목소리만 높인다. 내가 거듭 죄송하다고 굽히고 들어가면 앞 차 운전자는 그제야 자리를 뜬다. 남편은 왜 법을 어긴 사람에게 사과하냐고 나에게 따지고 든다. 옳은 행동을 하는 남편 편은 들지 않고 법을 어긴 아무개의 편을 든다며 나를 상식이 통하지 않고 불공정한 배신자라고 몰아붙인다. 평소에는 화도 안 내고 내가 어떤 못된 말을 해도 말대꾸 한번 하지 않는 남편이 괴물처럼 무서운 표정을 하고 언성을 높여 분노를 폭발시킨다.

자신이 그렇게 논리적인 언변으로 대응해야 할 상대는 내가 아니라 앞 차 운전자이고, 근본적으로 그 말을 전달할 수 있는 한국어 능력이 없으면 애초에 갈등 상황을 만들지 않으면 좋겠는데 남편 생각은 다르다. 자신이 유창하게 교통법규 준수의 필요성에 대해서 한국어로 전달하지는 못 하지만 경적을 울려서 앞 차 운전자가 깜빡이를 켜지 않았다는 것을 인지하게 하는 것만으로 상대의 잘못을 깨우쳐주는 데 일조한다고 생각한다. 내가 남들이 교통법규를 지키든 말든 우리만 잘하면 되지 않느냐, 우리에게 직접적인 피해를 주는 것도 아닌데 남의 일에 왜 굳이 나서냐고 모른 척하라고 말하면 그게 어떻게 우리와 연관이 없냐고 노발대발

한다. 저 사람이 계속해서 교통법규를 지키지 않으면 어느 날 저 사람이 낸 교통사고의 피해자가 우리와 가까운 사람이 될 수도 있다며 이 일은 자신과 우리 가족의 안전과 직결된 일이라고 따진다. 자신의 경적 소리를 계기로 보다 많은 사람들이 깜빡이를 켜면 우리 가족이 사는 한국 사회가 더욱 안전해진다는 것이다.

말이야 맞는 말인데 남편이 노리는 그 효과라는 것보다 남편이 마주할 위험 요소가 내게는 더 크게 다가온다.

내가 있을 때는 나의 사과로 상황이 평화롭게(?) 정리되지만, 내가 없을 때는 상대가 무슨 말을 하든 남편은 깜빡이 문장만을 반복하며 목소리를 높일 것이다. 처음에는 상대도 같이 언성 높여 싸우다가 문득 같은 문장만 반복하는 남편을 보고 싸움의 의미 없음을 깨닫게 된다. 앞 차 운전자는 한국말로, 남편은 영어로 욕지거리를 하며 서로 갈 길을 가는 걸로 대충 상황이 마무리되었을 것이다. 아직까지 한 번도 경찰서에서 전화를 받아본 적이 없으니 대략 이런 패턴이었겠거니 혼자 추측하는 것이다.

하지만 언제까지 운이 좋을 수는 없다. 극도로 폭력적이

거나 분노조절장애라도 가진 운전자와 마주치면 큰 싸움으로 발전할 여지가 있다. 남편이 한번을 그냥 넘기지 않고 매번 깜빡이를 켜지 않는 운전자에게 경적을 울려대는데 불행하게도 우리나라에는 깜빡이를 켜지 않는 운전자들이 너무나 많다. 한 번쯤 완전 미친놈과 마주쳐서 큰일이 나지 않으리라는 보장이 없다. 그 점이 나를 불안하게 만든다. 그래서 내가 같이 있을 때는 범법자에게 사과해서라도 일단 갈등 상황을 피하려고 하는 것이다.

이 일로 자주 싸우게 되어 호주에 살던 때를 떠올려봤다. 호주에서도 비슷한 일들이 있었다. 호주에서 남편이 택배 일을 하던 시절, 교통 규칙을 어긴 상대에게 경적을 울리고 거세게 항의하여 다툼이 일어났다. 상대방은 가던 길을 돌아와 남편의 승합차를 따라왔고, 택배 승합차에 적힌 남편의 전화번호로 전화를 걸었다. 갓길에 차를 세우고 전화를 받은 남편은 그때까지 살면서 쌓인 모든 스트레스와 분노를 단전에서부터 끌어와 그에게 퍼부었다고 했다. 운전 중 시비가 붙은 상대 차를 쫓아와 호기롭게 전화를 건 상대도 보통 미친놈은 아니었을 것 같은데, 그 상대가 아무 말 없이 전화를 끊었다고 하니 남편이 전화로 뭐라고 했는지 자세한 내용은 묻고 싶지도 않았다.

생각해보면 남편은 호주에서나 한국에서나 한결같았다. 문제는 한국에서는 이런 일이 너무 빈번하게 일어난다는 것이다.

『양심냉장고』 이후로 교통법규 준수에 대한 한국인들의 시민의식이 많이 향상되었다고는 하지만, 호주에 비하면 여전히 우리나라 사람들은 교통법규를 잘 지키지 않는다. 시민의식 수준을 떠나 호주는 일단 단속이 심하고 벌금도 세서 교통법규를 안 지킬 수가 없는 환경이다. 도로 곳곳에 예고 없이 교통법규 위반 차량을 단속하는 경찰차들이 숨어 있고, 어마어마한 금액의 벌금 딱지를 수시로 끊는다. 우리나라에서는 아기 엄마나 할머니가 신생아를 안고 차에 오르는 장면을 흔히 볼 수 있지만, 호주는 유아기, 아동기 자녀가 카시트 없이 차에 탈 경우, 벌금이 약 40만 원이나 된다. 카시트를 사용하지 않은 자녀가 두 명이라면 약 70만 원이다.

과속의 경우도 단 1km라도 제한속도를 넘겼다면 벌금이 약 30만 원부터 시작하고, 11km 이상을 넘기면 속도 구간에 따라 벌금이 할증되어 부과된다. 주차 위반 벌금도 최소 10만 원부터 시작이니 아무래도 호주사람들이 교통법규를 더 잘 지키는 이유를 단박에 체감할 수 있다.

그래서 호주에 사는 동안은 이 문제가 우리 부부의 삶에 큰 이슈로 부각되지 않았던 것이다.

하지만 한국에서는 다르다. 우리는 외출만 하면 이 문제로 싸운다. 어스름한 저녁, 남편은 지나가던 차에 손 흔들어 세운다. 운전자가 창문을 내리면 "라이트!"라고 소리친다. "땡큐" 나 "쏘리"라고 말하고 웃으며 지나가는 운전자도 있고, "너나 잘해 이 새끼야. 말도 제대로 못 하는 외국인 새끼가!"라고 욕을 하고 지나가는 운전자도 있다.

횡단보도 신호등이 초록색일 때 횡단보도 위로 깊숙이 정차한 차를 보면 지나가다가 꼭 보닛을 툭툭 치고 "고 백 (Go Back)"을 외친다. 제발 좀 그냥 지나가면 안 되냐. 무시하면 안 되냐. 여기는 당신 나라도 아니고 당신은 외국인 입장인데 시비가 붙어 위험한 상황에 빠지면 어떡하냐. 행여나 완전 미친놈을 만나서 칼이라도 맞으면 어쩌냐. 사소한 시비라 한들 경찰서라도 가게 되면 당신에게 유리할 게 무엇이 있느냐. 공정과 정의가 지켜지면 좋겠지만 한국 경찰이 말 통하는 한국 사람 편을 들지 말도 안 통하는 당신 입장을 통역까지 불러가며 경청하고 당신 편을 들어줄 것 같냐. 애초에 당신에게 아무 잘못이 없어도 폭력 사건에 연루되어 폭력 전과가 생기면 한국에 더 이상 살 수 없게 된다. 다 떠나서 당신은 내가 행복한 게 좋고 내가 싫어하는 것은 안 하려고 하면서 왜 이 부분은 이렇게 양보가 되지 않는 거냐고 다양하게 설득도 해보고, 싸워도 보고, 눈물로 읍소도 해봤다. 하지만 이 문제는 아직도 해결되지 않고 있다.

혹시나 남편의 이런 성향이 아스퍼거 증후군과 관련이 있나 싶어서 검색을 보았더니 역시나였다. 아스퍼거 증후군의 특징으로 '공정과 정직에 대한 높은 숭경(A high esteem for fairness and honesty)'이 언급되었다. 연이어 읽은 몇 권의 책에서도 이를 뒷받침하는 내용을 발견했다.

나는 규칙을 좋아한다. 규칙은 기록을 올바로 설정하고 그렇게 지켜 나갔다. 당신은 규칙을 지키며 서 있는 장소를, 그 규칙에 따라 행동해야 하는 방법을 알고 있다. 문제는 규칙이 변하거나 사람들이 규칙을 깬다는 점이다. 이 두 가지 중 어느 것이라도 발생하면 나는 무섭게 화가 난다.

《아스퍼거 증후군이 아닌 척하다》 중에서

　남편이 갤럽(Gallup) 강점검사를 해 본 결과 3위가 공정성이었다. 원래 인간에게 관심이 많아서 남편의 아스퍼거 증후군을 파고든 건지 아니면 남편이 아스퍼거 증후군이라서 인간에게 관심을 갖게 된 건지는 모르겠지만, 나는 서른 후반쯤 긍정심리학을 기반으로 한 강점 공부를 시작하고 이에 푹 빠져 있었다. 나와 가장 가까운 사람인 남편의 강점 순위가 궁금해서 검사를 받아보라고 요청했는데 그 결과 공정성이 3위로 나왔다. 공정성 강점을 가진 사람은 모든 가치판단의 기준이 공정함과 평등함을 근간으로 하는, '소위 법 없이도 살 사람'으로 불리는 부류다.

　한국 운전자 계몽 운동을 멈추어 달라고, 제발 관심 좀 끄고 살라고 그를 설득하기 위해 쏟은 에너지와 노력이 부질없었음을 느낀 순간이었다. 타협 불가능한 그의 공정성은 한국 운전자들을 계몽시키겠다는 주한 외국인의 오지랖으로도 작용하지만, 늘 한결같은 그의 성품의 근간이 되기도 했다.

연애 초기 한국과 호주의 문화 차이에 대해 이야기 나누던 때가 떠올랐다. 호주는 다문화 국가라서 국제결혼이라는 말이 아예 없을 정도로 다른 인종, 다른 국적 출신 사람들과의 결혼이 흔하다. 반면 한국은 얼마 전까지만 하더라도 단일민족을 추구하던 국가여서 국제결혼의 경우가 아직도 드물다고 알려주며(2000년대 기준) 특히 내 고향 소도시에서는 피부색이 다른 외국인을 마주치는 것조차 매우 드문 일이라고 설명해 주었다.

또한 부모님을 비롯한 나의 가족들은 평생 외국인과 개인적인 관계를 한 번도 맺어본 적이 없기 때문에 외국인 남자친구가 있다는 것을 가족들에게 알리는 것이 두렵다는 것도 고백했다. 연애 초기라 나의 말이라면 무엇이든 들어주던 그가 약간은 무서울 정도로 부릅뜬 눈으로 나를 똑바로 보며 말했다. 우리 부모님이 라이언의 학력이나 직업이나 성격 등 그의 부족함 때문에 교제를 반대하신다면 자신은 기꺼이 수용할 수 있지만, 단지 자신의 피부색이 달라서 우리의 교제를 반대하신다면 그것은 받아들일 수 없다고 말이다. 피부색이 다르다고 헤어지라고 하는 것은 불공정하다고 힘주어 말했다.

구구절절 옳은 말이거니와 평소에 순둥이 같은 사람이 불꽃 같은 눈을 하고 단호하게 말하는 반전 모습이 너무 멋있어서 나는 그만 반해버렸다. 유학생들이 본국으로 돌아가면 현지의 연인과 자연스럽게 헤어지는 것과 달리 라이언의 그 말에 나는 부모님을 설득할 용기를 얻었다.

지금 생각하면 나를 설득하거나 반하게 할 의도였다기보다는 그의 삶의 신조인 공정성을 자연스럽게 내세운 것이다. 인종이 다르다고 해서 사랑하지 말라는 것이 불공정한 것처럼 나는 사회구성원들의 합의로 정해진 교통법규를 지키는데 상대는 지키지 않는 것은 불공정한 것이다.

아스퍼거 증후군에서 연유가 되었든 타고난 재능이든

라이언 공정성 강점이 결정적으로 우리 커플을 이어주기도 했지만, 지금은 우리 커플을 너무나 괴롭히기도 한다는 점이 아이러니일 뿐이다.

아스퍼거 배우자와 사는 것은
포기와 체념의 연속이다

아스퍼거 증후군에 대해 깊이 이해한다고 해서 결혼 생활 중 어려운 점이 없는 것은 아니다. 나는 천성이 긍정적이고 에너지가 넘치는 성향이라 힘든 일이 있어도 씩씩하게 버려내려고 노력하지만, 가슴속에는 해결되지 않은 묵은 체증이 늘 한 자리를 차지하고 있다.

살아 있는 생물체가 변화하는 것은 당연하다. 마찬가지로 사람의 감정이 시시각각 변하는 것은 너무나 자연스러운 일이다. 이런 감정의 변화를 이해하지 못하는 배우자와 사는 것은 쉽지 않다. 가장 가까운 사람인 남편에게 내 감정에 대한 공감을 얻지 못하는 일이 거듭 쌓이게 되면 지독한 외로움과 숨 막히는 답답함을 맛보게 된다.

호주에서 첫 아이를 출산한 직후, 호르몬의 롤러코스터에 수면 부족이 더해져 내 마음을 어떻게 할지 모르겠는 날들이 이어졌다. 아기를 안고 잘 앉아있다가도 갑자기 주룩주룩 눈물이 흘러내렸다. 이런 내 모습을 봐도 남편은 말 한마디 걸지 않았다. 평소에 잘 울지 않는 씩씩한 아내가 갑자기 대성통곡을 해도 '난 지금 참 난처하다'라는 표정으로 멀뚱히 쳐다 볼 뿐이었다. 나를 안아주거나, 등을 토닥여주거나, 왜 우냐고 묻지도 않았다. 배우자의 위로가 절실한 순간에 나는 철저하게 방치되었다.

'자기 아내인데, 하물며 그냥 한집에 사는 플랫메이트라도 곁에 있는 사람이 울면 궁금하지 않나?' 그런 생각이 들었지만, 그는 철저하게 아무것도 하지 않으면서 그 시간을 견뎠다. 기다리는 것만을 정답으로 여기는 사람인 양 보였다. 남편의 아스퍼거 증후군에 대해 이해한다고 해서 그런 상황을 아무렇지 않게 받아들일 수는 없었다. 안다고 해서 섭섭하지 않은 것은 아니었다.

"당신은 내가 왜 우는지 궁금하지도 않아? 내가 이렇게 엉엉 울고 있는데 어떻게 그렇게 태연하게 있어? 걱정도 되지 않아?"

너무 답답한 나머지 따져 물으니 그가 무심한 표정으로 대답했다.

"호르몬 때문이야. 의사가 그랬잖아. 출산 후 여자는 이유 모를 감정 기복을 느껴서 극심한 우울감을 느낄 수도 있고, 갑자기 울기도 한다고. 지금 당신이 의사가 예측한 증상을 겪고 있는 거야. 그게 정상이야. 잇츠 노멀."

지극히 정상적인 일을 겪는다고 해서 감정의 동요가 없는 것은 아니다. 인간은 언젠가 죽는다는 당연한 섭리는 모두가 아는 노멀한 사실이다. 그렇다고 부모상을 당한 사람에게 "사람이 죽는 건 당연한 거야. 잇츠 노멀"이라고 할 건가? 하지만 공감능력 없이 태어난 남편은 따로 교육해 주지 않으면 정말로 저렇게 말할 수도 있다. 남편에게 공감을 바라는 것은 포기해야 한다는 걸 나도 잘 안다. 다 아는데도 미칠 것 같은 마음은 어쩔 수 없다.

아스퍼거 배우자와 사는 것은 끊임없는 포기와 체념의 연속이다. 아스피 남편을 둔 아내들은 공통적으로 '예전의 나'의 모습을 잃어버렸다고 말한다. 꼭 자폐 스펙트럼을 가진 배우자와 살지 않더라도 여자들은 결혼하고 육아하는 과정에서 정체성의 변화를 크게 겪기에 정도의 차이는 있지만 비슷한 감정을 겪는다.

아스퍼거 남편을 둔 내가 자신을 되돌아볼 때 가장 많이 변한 부분이 있다면 사회성 부분이다. 대학교 때까지는 처음 만난 사람들도 백이면 백, 내 혈액형이 O형이라고 생각했다. 전형적인 O형 스테레오 타입에 딱 맞는 성격이었는데 어느 순간부터 가깝지 않은 사람들은 내가 O형이라고 하면 깜짝 놀란다. B형인 줄 알았다는 거다.

남편과 사귀고부터 새롭게 확장되는 인간관계는 드물었고, 기존의 인간관계도 극도로 축소됐다. 대인관계는 정성을 쏟아야 유지할 수 있다. 잊을만하면 통화하고, 서로 얼굴 보고, 시간과 마음을 주고받아야 유지가 된다. 아스퍼거 남편과의 결혼 생활에서는 이 일들이 정말 어렵다.

　각자 다른 도시에 사는 초등학교 동창 친구들이 고향에서 모이기로 했다. 고향에 사는 친구의 집에서 하룻밤 묵으면서 밤새도록 운전 걱정 없이 편하게 술 마시고 놀자는 가족 동반 모임 자리였다. 아이들도 모두 또래인데다 정말 오랜만에 만나는 친구들이라 기대가 컸다.

　남편에게 이야기하자 그는 처음에는 그저 알았다고 대답했다. 갈등을 극도로 꺼리는 아스피들은 상대의 제안이 마음에 들지 않아도 쉽게 거절하지 못한다. 거절했을 때 상대가 보일 반응이 두렵고, 혹시 그것이 갈등 상황으로 이어질까 봐 일단 무조건 긍정의 대답을 한다.

　친구들과 약속한 주말이 다가왔다. 남편은 이유 없이 죽상을 하고 짜증을 냈다. 그 주 토요일, 남편은 오전 근무를 해야 했다. 나 먼저 아이들을 데리고 고향으로 가고 남편은 퇴근하자마자 바로 친구네로 오기로 했다. 퇴근 시간쯤 전화를 했더니 그는 아직도 집에 있었다. 왜 내 친구 집으로 오지 않고 집에 갔냐고 물으니 가방을 놓고 가고 싶었다고 말했다.

우리 차는 대형 미니밴 차량이다. 그런 큰 차에 가방 하나 놓을 자리가 없어서 집까지 갔다고? 말이 안 된다. 정말 오기 싫으면 안 와도 된다고, 화내지 않을 테니 당신이 원하는 대로 해도 좋다고, 집에 있고 싶냐고 물었더니 그제야 그렇다고 했다. 우리 남편이 버드와이저를 좋아한다는 말에 버드와이저를 8캔이나 사두었던 친구 남편 얼굴을 보기가 너무 미안했다.

이후에는 이런 자리가 생기면 처음부터 확실히 의사를 표시하라고 다그쳐서라도 그의 진짜 대답을 들었다. 90퍼센트 확률로 거절이니 이제는 아예 묻지 않게 되었다.

사람들 만나는 것을 힘들어하는 남편 때문에 연애 시절부터 더블데이트는 포기했고, 모임 자리도 포기했다. 꼭 가야 하는 자리에는 혼자 갔고, 가족 모임도, 부부 모임도 항상 혼자 나갔다. 아이가 태어난 이후에도 어딜 가나 나와 아이들뿐이었다. 사람들이 내가 비혼모인 줄 안다고 농담하며 웃지만, 속으로는 쓰다.

이제는 나 역시 우리 네 가족끼리만 시간을 보내는 것에 익숙해졌다. 다른 사람들과 어울릴 일이 생겨도 남편처럼 그런 자리를 반복적으로 거절하는 나 자신을 발견하곤 한다. 내게 원래 폐쇄적인 성향이 있었던 건지 남편을 만나서 변한 건지, 이제는 나도 잘 모르겠다. 사실 이런 혼란스러움이 가끔 와락 슬프게 다가오기도 하고 엄청 답답하게 느껴질 때도 있다.

포기한 것은 또 있다. 아스퍼거 배우자와는 '싸움'을 포기해야 한다. 싸움이라는 것은 쌍방향 커뮤니케이션이다. 내가 한마디 하면 상대가 되받아치는 소위 '티키타카'가 가능해야 성립되는 것이 싸움이다. 아스퍼거 배우자와의 갈등은 싸움이 아니라 비(非)아스퍼거 배우자가 홀로 외치는 절규 형태에 가깝다.

내가 불같이 화내며 소리를 질러도, 엉엉 대성통곡을 해도, 3일 넘게 말을 안 해도 남편은 무반응이다. 갈등 상황이 생기면 일방적으로 나 혼자 화내고 소리를 지르다 지쳐 냉소 모드로 돌입한다. 그렇게 부부가 말을 안 하길 사흘이 지나 일주일이 지나도 남편은 아무 반응이 없다. 하다 하다 지쳐 내가 먼저 말을 걸면 그렇게 그 건은 종료되는 것이었다. 17년 동안 이런 패턴이 반복되었다.

10년 정도 지나고 나니 빈도가 줄기는 했다. 어린아이 둘을 키우느라 정신이 없어서 둘이 마주할 시간이 그리 많지 않기도 했고, 어차피 갈등이 생겨도 뚜렷한 결론은 없을 것을 알기에 애초에 시끄러울 일을 만들지 않도록 애썼다. 원하는 것이 있으면 간결하고 직설적으로 남편에게 말하기 시작하니 둘 사이 오해가 생기는 일도 줄었다. 혹여 오해가 생기더라도 내가 화를 내지 않게 되었다. 발끈하는 순간을 잘 참고 넘기면 의미 없는 며칠 간의 감정 소모를 피할 수 있었다. 달라질 것도 없는데 애쓰는 것이 귀찮아졌다는 말이 더 맞겠다.

결혼 생활 중 포기와 체념이 이어지는 것은 꼭 배우자가 자폐 스펙트럼을 가진 경우가 아니라도 대부분의 커플이 경험하지 않을까?

잃는 것이 있어도 다시 채워지는 부분이 있다면 그 결혼은 어느 정도 견딜 수 있다. 잃어버린 친구와의 시간은 아이들과의 시간으로 채우고 공감 못하는 남편에 대한 섭섭함은 열렬히 사랑했던 추억으로 지운다. 때로는 마음이 약해져 누군가에게 기대고 의지하고 싶을 때 알아서 어깨를 내주지 못하는 남편이지만 항상 "세상에서 네가 제일 똑똑해!"라고 말하는 남편의 응원을 떠올리며 스스로 힘을 낸다.

우리 둘은 함께하지만, 항상 혼자다. 아스퍼거 증후군을 가진 남편에게만 해당하는 말인 줄 알았는데, 어느새 나도 그렇다.

아스퍼거 남편과 살지만,
카산드라는 아닙니다

앞서 말했듯 아스퍼거 증후군을 포함해 공감 능력이 결여된 배우자와 생활하며 정서적인 공감 반응에 굶주린 이들이 겪는 우울증과 고질적 스트레스 증상을 카산드라 증후군이라고 부른다. 아스피 남편을 두었으니 나도 카산드라 증후군이냐고 물으신다면 내 답은 '카산드라요? 제가요?'다.

세상만사 예외는 존재하는 법. 나는 아스피 남편을 두고도 우울이라고는 찾아볼 수 없고, 오히려 과잉 에너지를 소화하기 위해 강점 기반 라이프 코치로 일하며 자극이 필요한 사람들에게 에너지를 나누어주고 있다.

내 성격이 모난 데 없이 마냥 둥근가 하면 그렇지도 않다. 걸보기엔 목소리 크고 대장부처럼 호탕해 보이지만 10년 전 일까지 곱씹을 정도로 뒤끝이 길다. 까딱 잘못하면 카산드라 증후군에 빠져 어두운 우울의 동굴을 파고들 가능성도 있지만, 내가 정신 똑바로 차리고 잘 버티고 있는 데는 몇 가지 이유가 있다.

우선 라이언은 말 한마디로 천 냥 빚을 갚는 사람이다. 감정표현에 둔하고 상대가 원하는 것을 눈치껏 알아채지 못하는 라이언은 이벤트를 준비하지도 못하고, 소박하지만 센스 있는 선물을 할 줄도 모른다. 하지만 그런 사람을 남편으로 맞이한들 무뚝뚝한 내가 잘 받아주었을 것 같지도 않기에 그 부분에 대해 아쉬움은 없다. 오히려 나는 배우자가 독립심 강한 내 성향을 이해하고 자유를 보장해 주고, 끊임없이 성장하려는 내 성취욕을 지지하고 축하해 줄 수 있는지, 그것이 자잘한 애정 표현보다 더 중요하다.

라이언은 항상 내가 하는 일이 많고 우리 가족을 위해 내가 더 애쓴다고 칭찬해 준다. 아스퍼거 증후군을 가진 사람들은 아부를 못 하고 거짓말을 하면 바로 티가 난다. 그러니 라이언의 그 말은 단순히 나 듣기 좋으라고 하는 말이 아닌 진심이다. 그런 점이 더 마음에 든다. 내가 스스로를 소년가장이라 칭하며 수많은 잡무를 혼자 도맡으면서도 억울함을 느끼지 않는 건 바로 라이언의 천 냥짜리 말 한마디 때문이다.

당연히 나도 지칠 때가 있다. 서류 처리를 도와줄 수 없으면 집안일이나 요리라도 잘하면 얼마나 좋을까. 위생 개념도 없고 타고난 똥손이라 라이언이 도와줄 수 있는 집안일이라고는 쓰레기 버리기 정도밖에 없으니 때로는 나도 정신적, 육체적으로 과부하가 온다. 하지만 이 모든 걸 감당하게 하는, 고향과 부모, 형제를 등지고 나를 따라 한국으로 건너온 남편에 대한 기본적인 고마움이 있다.

또 아스피는 상대에게 한결같은 순수한 사랑을 보여준다. 다른 건 몰라도 이 사람은 절대 바람 안 피우겠다 하는 믿음이 들 만큼 우직한 사랑을 보여주는 게 아스피 연인의 특징이다. 라이언에게 나를 끝까지 포기하지 않은 것도 사랑보다는 한 가지에 몰두하는 자폐 스펙트럼의 집착 성향 때문 아니냐고 우스갯소리로 물었는데 라이언도 크게 부정하지는 않았다.

라이언은 '나는 네가 내 옆에 있을 때 더 자신감이 생겨'라고 자주 말할 정도로 항상 나를 자랑스러워한다. 세상에서 내가 제일 똑똑하다고 치켜세워주면 그것이 사실이 아니란 걸 알아도 더없이 행복하다. 라이언의 학위를 위해 다시 호주에 갔을 때 나는 스타벅스에서 일했는데 라이언은 친구들에게 내가 스타벅스에서 일하는 것을 그렇게 자랑해댔다. 나는 20대 후반에 최저 시급 받으며 카페 아르바이트 하는 게 뭐가 자랑이냐고 말렸다. 하지만 민망해하는 나와 달리 라이언은 외국인 신분으로 면접 보고, 교육받고, 주류 기업에 취업한 것이 왜 자랑거리가 아니냐며 당당해했다. 이후에 백화점 사무직을 거쳐 은행으로 이직하기까지 라이언은 자식 자랑하는 부모처럼 주변 사람들에게 내 자랑을 하고 다녔다. 라이언이 나발을 불고 다니는 덕에 크고 작은 성공에 대해서 주변 사람들의 축하를 듬뿍 받았다. 라이언은 성취욕이 강한 아내의 인정욕구를 항상 넘치게 채워주는 남편이다.

우리 부부의 사정을 속속들이 알고 있는 친한 친구들은 알고 보면 라이언이 세상에서 제일 영리한 여우고 나는 곰이라고 말한다. 가만 보면 나는 소처럼 일하고 라이언은 한 량처럼 여유로운데 말 한마디로 천 냥 빚을 갚고 도리어 고마운 남편이라고 칭찬까지 받으니 말이다.

아스퍼거 증후군을 이긴
역마살

변화나 낯선 환경을 거부하고 일상 루틴을 지키는 것을 선호하는 것은 아스퍼거 증후군의 전형적인 특징이다. 라이언도 신발장에 놓은 신발 위치가 바뀌거나 매일 아침 사용하는 커피잔이 제자리에 없으면 질색을 한다. 그런데 의아하게도 라이언은 이사 아이디어가 나오면 항상 대찬성이다. 새로운 도시로 이사 가는 것뿐 아니라 국경을 넘어 다른 나라도 이동하는 이민에도 거침이 없다.

천생 한량이라 휴가차 가는 여행을 좋아하는 것은 익히 알고 있었다. 그러나 여행과 이사, 이민은 차원이 다르다. 누구에게나 부담스러울 수 있는 이사나 이민을 라이언은 항상 반겼다. 비밀은 바로 아스퍼거 증후군도 이긴 라이언의 역마살에 있다.

라이언은 고등학교를 졸업하자마자 프로 테니스 선수로 활동했다. 대만 에이전시에 발탁되어 대만을 거점으로 아시아 투어를 2년 정도 했다. 그리고 연이어 프랑스로 이동하여 자리를 잡고, 2년여간 유럽 투어를 이어갔다.

호주에서는 대학교 진학을 희망하지 않는 경우 2년 일찍 고등학교 교육을 마무리할 수 있다. 우리나라 고등학교 1학년에 해당하는 주니어 하이스쿨(Junior High) 10학년까지가 의무교육이고, 11학년과 12학년인 시니어 하이스쿨(Senior High)은 대입 여부에 따라 선택 가능하다.

학창 시절 내내 운동선수였던 라이언은 대학에 들어갈 뜻이 없었고 10학년에 고등학교를 졸업했다. 라이언이 처음 집을 떠나 대만으로 건너갔을 때가 만 16세였다. 전형적인 아스퍼거 증후군의 특징과는 다소 연결되지 않는 그의 용기와 대담함이 놀라웠다. 우리나라 고등학교 1학년 학생이 아무 연고도 없는 나라에, 그것도 언어도 다르고 인종과 문화도 전혀 다른 대륙으로 이동한 것이 아닌가. 심지어 아스퍼거 증후군을 앓고 있는 사람이 도대체 어디서 그런 용기가 솟아났느냐고 라이언에게 물어보았다. 예상외로 답은 매우 간단했다. 테니스 밖에 할 줄 아는 것이 없는데 프로선수 스카우트 조건이라면 지구상 어디라도 가야 했다고 그는 대답했다. 절박하면 용기가 생긴다.

라이언이 대만에 살았던 1990년대 말 즈음은 지금처럼 해외 여행이 활성화된 시절이 아니었다. 당시 대만에서 서양인을 보는 것은 매우 드문 일이어서 라이언은 어딜 가나 주목받았다고 한다. 처음에는 수많은 눈동자가 자신을 따라다니는 것이 당황스럽고 불편했는데 말도 안 통하는 사람들이 "핸썸! 핸썸!(Hansome)"이라고 칭찬을 해 주더란다. (동양인들은 서양인들의 외모 평가에 매우 후한 경향이 있다. 눈 크고 코 크면 무조건 핸썸을 외치니 말이다.) 그 시절을 회상하며 자기는 대만에서 '슈퍼스타'였다고 우쭐해하는 걸 보면 사람들의 관심을 받는 게 싫지 않았나 보다.

그는 자신을 향한 타문화 사람들의 시선이 부정적인 것이 아니라 단순한 호기심이나 따뜻한 관심의 표현임을 오랜 외국 생활로 깨닫게 되었다.

프랑스인들은 차갑고 냉철하다는 선입견과 달리 라이언은 몇몇 프랑스 가정에 홈스테이 형태로 머물면서 그를 친아들처럼 보살펴주는 좋은 분들을 만났다. 저녁마다 프랑스 가정식을 먹는 것도 엄청난 행복이었다고 지금도 입이 마르도록 이야기한다. 그런 경험 덕에 낯선 음식 시도하기를 꺼렸던 어린 시절과는 달리 낯선 나라의 음식을 먹어보는 것은 라이언의 인생에서 중요한 즐거움이 되었다.

프랑스살이 경험은 라이언의 축구 사랑에도 한몫했다. 호주에는 호주식 풋볼이 따로 있기 때문에 한국 사람들이 떠올리는 축구(Soccer)는 비인기종목이다. 하지만 2002 월드컵 시즌을 축구 강국 프랑스에서 보낸 라이언은 아직도 프리미어리그를 다 챙겨볼 정도 축구를 좋아한다. 축구 하나로 한 달 내내 나라 전체가 축제 분위기로 물들고, 사람들이 술집에 모여 한마음으로 응원하고 즐겼던 그 경험을 잊을 수가 없다고 했다. 호주는 삼삼오오 친구들 집에 모여 스포츠를 같이 보는 경우는 있어도 한국이나 프랑스처럼 스포츠 때문에 거리 전체, 도시 전체가 들썩이지는 않는다.

라이언은 프랑스에서, 나는 한국에서 2002년을 보냈지만 둘 다 똑같은 열정과 에너지를 경험한 덕에 우리 부부는 2002 월드컵 이야기만 나오면 뜨거워진다. 국제결혼을 해서 아쉬운 점이 뭐냐고 물어오면 『응답하라 1988』이나 『응답하라 1994』 같은 추억 콘텐츠를 보며 남편과 공감대를 나누지 못하는 것이라고 종종 대답한다. 그 아쉬움을 달래주는 우리 둘의 유일한 접점이 2002 월드컵이다. 라이언이 두고두고 '대한민국VS이탈리아' 경기를 회상하며 "어메이징 코리아"를 외쳐주면 내 어깨가 한참 으쓱댄다. 놀라울 정도로 2002 월드컵을 자세하게 기억하는 라이언은 요즘에도 TV 예능 프로그램에 안정환이 나오면 반가움을 감추지 못한다.

연애 시절 호주에 살기 싫다는 내 말에 라이언이 바로 자기가 한국에서 살면 된다고 대답한 것도 이전의 해외살이 경험 덕분이었다. 이전의 긍정적인 해외 거주 경험 덕에 라이언은 미지의 세상에서의 삶을 두렵다고 느끼기보다 즐겁고 신나는 일이라고 여기게 되었다.

한국에서도 라이언은 신나는 일상을 이어갔다. 일반적으로 한국에 오래 산 외국인들도 정복하기 쉽지 않은 고난

도의 한식, 이를테면 회, 육회, 생갈치가 들어간 포항 김치까지 단숨에 정복했고, 이제는 매운 음식도 나보다 더 잘 먹는 것 같다.

아스퍼거 증후군은 치료할 수 있는 질병이 아니라 태어날 때부터 뇌신경회로의 결함을 타고난 것으로 추측하는 발달장애다. 아스퍼거 증후군을 진단받으면 당사자나 가족들이 큰 절망에 빠지는 것은 이 때문이다. 너무 힘들어서 병원까지 찾았을 텐데 약을 먹어 고칠 수도, 수술을 해서 고칠 수도 없다고 하니 평생 이렇게 살아야 하나 막막할 것이다.

하지만 아스퍼거 증후군은 개선의 여지가 있다. 선천적으로 신체적 결함을 타고난 사람이 삶에 적응을 해나가는 과정을 떠올려보면 이해가 쉽다. 팔 한쪽이 없는 채로 태어난 아기에게 약을 먹이거나 치료해서 없는 팔이 새로 돋아나게 할 수는 없다. 하지만 꾸준히 재활훈련을 제공하고 스스로 부단한 연습을 하면 팔 한쪽이 없어도 일상생활을 영위할 수 있다. 양팔이 모두 없는 아이라면 발을 쓰는 생활에 적응해야 하니 시간과 에너지가 더 들 수는 있다. 하지만 가족의 도움과 지지를 근간으로 한 수많은 연습은 신체적 장애에도 불구하고 스스로 삶을 꾸릴 수 있는 정도로 아이를 발전시킨다.

물론 "연습이 완벽을 만든다(Practice makes perfection)"는 말이 통하지 않을 수도 있다. 여전히 아이는 팔이 없고, 그에 가끔씩 불편함을 느낄 수도 있기 때문이다. 하지만 꾸준한 연습과 노력 덕에 더 이상 아이의 장애가 자신과 주변 사람들의 일상에서 큰 걸림돌로 작용하지 않는 상태로 다다를 수 있다.

라이언은 여전히 다양한 모습으로 아스퍼거 증후군의 양상을 드러낸다. 아직도 규칙과 루틴에 집착하고, 공감 부족에 대한 문제도 갖고 있고, 시야가 좁아 주변 사람들을 챙기지 못해서 자기중심적이라는 오해를 사기도 한다.

하지만 내일 당장 한 번도 가보지 못한 도시나 국가로 이주해야 한다고 하면 라이언은 격하게 환영할 것이다.

성공적인 과거의 경험은 이사와 이민에 대한 라이언의 인식을 긍정적으로 바꾸어 놓았다. 적응 기간 동안 힘든 점도 당연히 있었지만, 결과적으로 새로운 지역과 문화를 경험한 것이 자신의 성장에 도움이 되었고 무척 신나는 도전이었다고 경험으로 깨달은 덕에 심리적인 두려움도 없을 뿐아니라 타문화에 대한 적응력이 어느새 체화되었다.

규칙과 체계에서 안정을 얻는 사람이 지속적으로 떠돌며 살다 보니 역마살이 아스퍼거 증후군을 이겨버린 걸까? 루틴이 깨어지고 예측할 수 없는 돌발상황이 가득할 것을 알면서도 이사와 이민을 반기고 어느 비장애인보다도 용감하고 대담하게 접근한다. 한편으로는 이렇게 단단해지기까지 대만과 프랑스에서 어린 소년 라이언이 얼마나 많은 마음의 생채기를 입었을지가 떠올라 짠한 마음도 든다.

주어진 퀘스트를 하나씩 깨고 다음 단계로 올라가는 게임처럼 라이언은 그렇게 삶이라는 거대한 게임에서 자신이 정복할 수 있는 부분들을 온몸으로 직접 부딪혀 깨어가고 있다. 때로는 부딪히고 깨지는 과정에서 상처를 입고 피를 줄줄 흘릴 때도 있겠지만 그에게는 피를 닦아주고 밴드를 붙여줄 마누라도 있고 가족이 있다.

라이언의 온 마음에 단단한 굳은살이 베기는 날이 오면 '완치'나 '장애 극복' 따위의 말로 그를 묘사할지도 모른다. 어느 날 갑자기 짠하고 없어지는 장애는 아니지만, 아스퍼거 증후군은 반드시 개선의 여지가 있다. 비슷한 어려움을 반복해서 경험하는 것을 통해 한가지씩 문제 해결 능력을 터득할 수 있고, 다른 사람들을 관찰하고 모방한 대화법들이 실제로 대인관계에서 통한다는 것을 깨닫게 되면 사회성도 향상될 수 있다. 약을 먹거나 수술을 해서 단기간에 나을 수는 없지만, 개선의 여지가 있기에 삶은 점점 나아진다. 아스퍼거 증후군을 안고 가는 삶도 행복하고 재미있을 수 있다.

라이언의 꿈은 자식 중 한 명이 테니스 선수나 골프 선수가 되는 것이다. 자신이 코치가 되어(혹은 짐꾼이라도 되어) 세계 대회 투어를 다니는 자식을 뒷바라지하겠다는 부성애가 감동적으로 들릴지 모른다. 그러나 진실은 자식 덕에 전 세계를 여행하며 1열 VIP석에서 스포츠 경기를 관람하고 저녁에는 호텔에서 맥주 한 잔 하는 궁극의 천생 한량을 꿈을 이루고 싶은 속셈이다.

친구의 도움을 조금 받으면
난 잘 지낼 수 있어요

《아스퍼거 증후군이 아닌 척하다》의 저자 리안 할러데이 윌리는 아스퍼거 증후군 특유의 높은 지적 능력을 긍정적으로 활용해 교육학 박사 학위를 따고 대학 교수가 되었다. 직업적 성공뿐 아니라 자상한 남편과 결혼하여 두 딸을 낳고 행복한 가정도 이루었다. 리안의 경우 아스퍼거 증후군에 대해 모르고 살다가 막내딸이 아스퍼거 증후군 진단을 받으면서 자신도 아스피임을 알게 되었다. 리안은 아스피 부모로서 같은 장애를 가진 자녀에게 그 누구도 줄 수 없는 깊은 공감을 보여주고, 딸에게 훌륭한 롤모델이 되어 준다.

리안은 '아스퍼거 증후군의 특성은 대부분 점차 사라진다'라고 주장한다. 그리고 자신은 아스퍼거 증후군을 완치 수준으로 극복했다고 말한다. 의학적으로 치료법이 없는 아스퍼거 증후군에 '완치'라니. 무슨 뜻일까?

이 책을 읽고 남편에게 아스퍼거 증후군의 정도를 다시 측정해 보라고 요청했다. 라이언은 70퍼센트 정도 극복했다고 대답했다. 여전히 아스퍼거 증후군 때문에 불편한 상황을 겪지만, 어릴 때처럼 혼란스럽거나 불안하지는 않다는 것이 그의 대답이었다.

책에서 리안은 다른 사람들, 영화나 드라마 속 인물들의 행동을 관찰하고 기억해서 실생활에 적용하며 튀지 않게 행동하는 법을 연습했다고 한다. 우리 남편도 같은 방법으로 연습했다고 한다. 성공을 반복하다 보면 나중에는 본인도 어색함을 느끼지 않을 정도로 행동양식이 자연스러워진다. 연습의 반복은 아스퍼거 증후군 개선에 큰 영향을 끼친다.

친구 사귀는 것을 어려워했던 라이언이 고립되지 않고 즐거운 학창 시절을 보낼 수 있었던 이유는 테니스에 있었다. 특정 분야에 괄목할 만한 재능을 보이는 아스피의 특성이 라이언의 경우 테니스에서 나타났다. 라이언은 4~5살 때부터 오후 내내 벽에 테니스 공을 튀기며 놀았다고 한다. 실력이 늘 수밖에 없었다. 운동 잘하는 것을 선망하고, 테니스가 인기 종목인 호주 문화의 특성상 전국 대회 상을 휩쓰는 라이언은 늘 긍정적인 평가를 받았다.

테니스 덕에 사춘기를 무사히 넘겼는데 서른이 넘어 팔자에도 없는 공부라니. 대학교에 들어간 만학도 라이언에게 강의실 환경은 정말 낯설었다. 평생 운동만 해온 자신이 대학교 수업을 잘 따라갈 수 있을까 불안한 마음에 교수님이 적으로 느껴졌다고 한다. 강의 중 학생들에게 질문하는 교수의 모습이 공격처럼 느껴졌다는 것이다.

라이언은 언어학과를 전공하며 교양 과목으로 한국어 과목도 들었다. 보통 아시안 유학생들이 가득한 한국어 수업에 호주인이, 그것도 만학도가 들어왔으니 라이언은 교수님의 관심을 끌기에 충분했다. 한국어 교수님은 각별한 마음에 수업 때마다 라이언에게 질문을 하셨고, 덕분에 라이언은 한국어 수업이 있는 날마다 전쟁에 나가는 전사처럼 마음을 무장했다.

처음에는 질문에 대한 답을 찾느라 쫓기기 바빴지만, 시간이 갈수록 농담도 섞어가며 답하는 위트 있는 학생으로 발전해갔다.

　라이언에게 아스퍼거 증후군을 극복하는 데 도움이 되었던 경험이 무어냐고 물으면 대학 졸업을 빼놓지 않고 언급한다. 예측하지 못한 질문에 답을 찾아 조리 있게 말해야 하는 대학교 수업은 많은 사람이 지켜보는 가운데 타인과 소통하는 연습이 되어 주었다. 사람들 앞에서 말을 해야 하는 상황을 떠올리면 금방이라도 울 것처럼 긴장하던 라이언이었지만, 대학교를 졸업하고 영어 강사로 일하면서 커뮤니케이션과 퍼블릭 스피치 역시 테니스처럼 익숙해졌다. 물론 여전히 긴장할 때도 있지만 표정 변화나 감정 표현이 단조로운 아스피들의 특성상 다른 사람들은 라이언이 불안해하고 있다는 것을 전혀 눈치채지 못한다.

　아울러 한국의 '빨리빨리' 문화와 '시키면 한다' 문화가 돌발상황에 대한 적응 능력을 탁월하게 향상시켰다. 처음 한국에서 영어 강사로 일하기 시작했을 때 라이언은 3일 만에 일을 그만두었다. 새 학기 학원 환경을 떠올려보면 쉽게 이해가 될 것이다. 모든 직원이 눈코 뜰 새 없이 바빴고 시간표는 수시로 바뀌었다. 아무도 라이언에게 명확한 지침을 주지 않았는데 시간마다 수업을 진행해야 하는 상황이었다. 출근 3일째, 아침부터 현관을 나서던 라이언은 그대로 토하고 말았다. 온몸으로 일을 거부하는데 출근을 강요할 수는 없는 노릇이라 일을 그만두었다.

라이언 일병을 구해야 했던 나는 한국에 살고 있는 국제 커플 커뮤니티에 가입하여 도움을 청했다. 라이언은 고마운 분들의 도움으로 큰 규모에 더 체계적으로 운영되는 데다 동료 외국인 강사들이 많은 곳으로 이직할 수 있었다. 영어를 쓰는 외국인 동료 강사들이 많으니 수월히 적응할 수 있었다. 한국살이 10년 차인 지금의 라이언은 자다 깨서 갑자기 3시간짜리 강의를 요청받아도 여유 있게 해내는 베테랑 강사가 되었다. 시간표가 매일 바뀌고, 갑자기 어딘가에 불려가서 수업하게 되는 돌발상황에도 익숙하게 대처한다. 연습이 완벽을 만든다는 말은 아스퍼거 증후군에게도 통한다.

라이언이 꼽은 최고의 아스퍼거 증후군 극복 비결은 바

로 '어쩌라고 주문'이다. '어쩌라고'는 압박을 받는 상황에서 라이언이 되뇌는 주문이다. 라이언은 감정적인 균형이 깨지면 항상 본인 탓을 했다. 원장님의 기분이 좋지 않아 보이면 자신이 무엇을 잘못한 게 아닌가 자신의 행동을 되돌아봤고, 동료가 평소처럼 웃으며 대꾸하지 않으면 자신이 무슨 실수를 한 것은 아닌지 자기 탓을 했다. 이는 라이언이 고질적으로 갖고 있던 자기 비하와 낮은 자존감 때문이었다. 아무리 네 잘못이 아니라고 설득해도 사고의 전환을 이루기가 쉽지 않았다.

그러던 어느 날, 라이언이 어깨가 축 처진 채 퇴근했다. 근무 중에 상사에게 받았던 피드백을 떠올리며 억울해하고, 습관처럼 자책하기도 했다. 내가 보기에는 직장 동료들끼리 수도 없이 주고받는 가벼운 피드백 중 하나인 듯했는데 라이언은 과하게 받아들이고 있었다. 보다 못한 내가 한마디 했다.

"달링, 남들 말 한마디 한마디를 그렇게 무겁게 받아들이지 마. 몇 번을 얘기했는데 또 그래? 도대체 어떻게 해야 외부 자극에 좀 더 가볍게 대처할 수 있겠어? 당신이 책임감이 강해서 잘해야 한다는 압박감도 큰 거야. 그 압박감을 좀 내려놓아야 해."

"그게 말처럼 쉬워?"

"그럼 상상해 봐. 당신이 생각하는 최악의 상황이 뭐야? 당신 걱정대로 최악의 흐름으로 흘렀을 때 겪을 최악의 결론이 뭐냐고?"

"잘리는 거겠지."

"그렇지? 잘리는 거지? 근데 그게 그렇게 큰일이야? 우리 첫 직장에서도 3일 만에 나왔잖아. 그래도 다시 좋은 직장 구해서 잘 다녔잖아. 이번 직장도 그렇게 되면 다시 더 잘 맞는 데 구해서 다니면 되는 거 아니야? 수틀리면 그냥 그만둔다고 생각해! 당신은 이미 최악을 경험해본 사람이야. 최악의 상황도 사실 별거 아니라고."

"……그렇네."

라이언은 끔뻑끔뻑 득도의 순간을 맞이했다. 그날 이후 라이언은 주변의 피드백에 일희일비하지 않았다. 누가 무슨 말을 해도 속으로 "그래? 그런데 어쩌라고!"라며 한 귀로 듣고 한 귀로 흘렸다. 이 마법의 주문은 라이언이 느끼던 중압감을 단숨에 날려버렸다. 신기하게도 배짱 있는 태도로 살기 시작했더니 여유가 생겨 일도 더 잘 풀린다고 했다.

심지어 후임 강사들이 잦은 돌발상황에도 감정의 기복 없이 평온함을 유지하는 비결이 뭐냐고 라이언에게 물어온단다. 스트레스가 전혀 없는 사람처럼 보인다는 것이다. 스트레스가 없는 사람처럼 보인다니……. 세상만사 근심 걱정을 혼자 떠안고 살던 라이언이 요새는 저런 피드백을 듣고 와서 나에게 자랑을 늘어놓는다. 올챙이 적은 생각도 못 하니 가소롭지도 않다.

리안이 자신을 표현하는 것 같다고 말한 비틀즈의 노래 가사 "I get by with a little help from my friends(친구의 도움을 조금 받으면 난 잘 지낼 수 있어요)"는 우리 부부와도 통한다. 완벽한 사람은 없다. 조금씩 도움을 주고받으면서 오늘 하루도 무사히 버텨낸다.

디테일의 힘

어릴 때는 꽃 선물이 싫었다. 물론 데이트할 때 큰 꽃다발을 들고 거리를 거닐면 우쭐한 기분이 드는 건 좋았다. 그런데 꽃 선물은 딱 하루만 좋고 다음 날부턴 영 처지 곤란이라 버릴 때 괜한 죄책감이 들곤 했다. 게다가 꽃은 두고두고 사용할 수 있는 것도 아니니 돈이 아깝기도 했다.

극단적인 실용주의자인 나는 일찍이 남편에게 내 취향을 뚜렷하게 밝혔다. 꽃은 별로 좋아하지 않으니 차라리 쓸모있는 선물을 주고받자고 말이다. 17년 동안 꽃 선물은 사귄 첫해 밸런타인데이 때 딱 한 번 받아본 것이 처음이자 마지막이었다.

그런데 웬걸? 세월은 역시 사람을 변하게 하나 보다. 마흔이 되고 보니 계절마다 아파트 단지에 피는 이름을 알지 못하는 꽃에도 시선이 가고, 가을이면 알록달록 물드는 단풍에 눈길이 간다. 벌써 카톡 프로필에 꽃 사진만 올리는 엄마들의 나이가 되어버린 걸까?

"나 이제 마음이 바뀌었어. 나도 꽃 선물을 받고 싶어. 다음 내 생일에는 꼭 꽃을 선물해 줘."

어느 날 남편에게 말했다. 아스퍼거 증후군에게는 돌직구만 통하기에 명확하게 원하는 바를 전달했다.

올해 내 생일 바로 전날, 남편이 저녁 6시 30분에 퇴근했다. 아침 일찍 문을 여는 꽃집이 없으니 전날 저녁에 미리 꽃을 사 오지 않을까 내심 기대했는데 남편이 빈손으로 왔다. 내 말을 잊어버렸나? 내 생일날은 남편이 11시 출근이라 오전에 꽃을 사려고 하나? 혼자서 희망에 가득 찬 상상을 해봤다. 오전 일찍 꽃을 사려면 예약 주문을 해야 하는데 한국말을 못 하는 남편이 예약 따위를 했을 리 없다. 그날은 남편이 늦게 출근해 밤 10시 퇴근하는 날이라 일말의 기대도 하지 않았다. 돌직구를 날렸음에도 불구하고 올해는 꽃 선물을 못 받고 넘어가나 보다 싶었다.

생일 아침, 아이들 등교를 위해 오전 8시에 집을 나선 남편이 돌아올 시간이 훌쩍 넘었는데 돌아오지 않았다. 쉽게 예측할 수 있는 남편의 뇌 구조 속을 들여다보았다. 남편은 아마도 아이들을 등원시켜놓고 문을 연 꽃집을 찾아 여기저기 이동하고 있을 것이다. 그리고 자신이 아는 모든 꽃집이 문을 닫았다는 것을 깨닫고 귀찮고 피곤해도 어제 퇴근길에 미리 샀어야 했다고 후회할 것이다.

남편을 기다리며 여러 가지 생각이 들었다. 그래도 아침부터 꽃 사려고 돌아다니고 있는 정성을 갸륵하게 생각해야 할지, 원하는 바를 명확하게 전달했는데도 챙김받지 못하는 서러움을 퍼부어야 할지 고민스러웠다. 아스퍼거 증후군 탓도 못 할 텐데 무슨 핑계를 댈 수 있을까 궁금했다.

삐삐삐빅!

현관문 열리는 소리가 들리고 남편이 들어오는 기척이 들렸다. 한 시간 정도 동네를 뺑뺑 돌다가 포기한 모양이었다. 그런데 남편은 빈손이 아니었다! 남편이 위풍당당한 표정으로 식탁 위에 무언가를 내려놓았다.

도저히 웃음을 참을 수 없었다. 이거 웃음 참기 게임 아니지?

남편이 꽃을 사 오긴 했다.
꽃이 맞긴 맞다.
그런데 그 꽃 종류가 카네이션이고,
꽃이 화분에 심겨 있었다.

웃음이 터진 나를 남편이 이해하지 못하겠다는 눈빛으로 쳐다봤다. 너무 좋아서 웃음이 나온다고, 못 받는 줄 알았는데 어떻게 꽃집을 찾았냐며 칭찬 해 주었더니 남편이 뿌듯해했다. 자랑스러운 표정으로 아침부터 '꽃집 찾아 삼만 리'를 찍은 이야기를 소상히 풀어냈다.

남편이 염두에 뒀던 동네 꽃집들은 모두 문을 닫아서 마트에 갔단다. 호주는 대형 마트에서 꽃다발을 파니까 한국도 그럴 것이라 생각한 것이다. 마트라는 든든한 보험을 떠올리고 전날 바로 퇴근했는데 마트에서도 허탕을 치니 정말 진땀이 났다고 한다. 빈손으로 집에 갔다가 따가운 눈총을 받을 걸 생각하니 뇌까지 따가웠는지 불현듯 좋은 아이디어가 떠올랐다고 한다. 고속도로 진입로 부근에서 본 다육이 식물 전문 대형 비닐하우스 직판장이 떠오른 것이다. 퍼뜩 고속도로 진입로 부근으로 갔더니 다육이 직판장들이 여러 곳 영업 중이었다고 한다. 그런데 온통 초록색 선인장만 가득한 다육이 직판장에서 카네이션을 어떻게 사 왔지? 의문이었다. 마침 내 생일이 가정의 달 5월이다. 다행히 어버이날, 스승의 날 시즌 장사를 놓칠 수 없는 다육이 직판장 사장님이 가져다 놓은 카네이션 화분이 몇 개 있었다.

다육이 직판장에 카네이션이나마 꽃이 있어서 참 다행이었다.

소원대로 생일 선물로 17년 만에 꽃을 받았다.

화분에 심긴 카네이션도 참 예쁘긴 했는데 기분이 좀 그랬다. 내가 남편의 어버이는 아니지 않나?

'내가 네 애미냐?'라는 생각이 자꾸 들었지만, '국화를 사오지 않은 게 어디냐'라는 데까지 생각이 미치자 기분이 다시 좋아졌다.

아스퍼거 증후군을 가진 사람들에게는 매우 구체적이고 명확하게 지령을 내려주어야 한다. 내가 너무 안일했다. '꽃다발(A bunch of flowers)'이 아니라 그냥 '꽃(flowers)'이 받고 싶다고 말한 내 불찰이다. 내년에는 100퍼센트 만족할 꽃 선물을 받기 위해서 구체적인 지침을 미리 문자메시지로 전달할 예정이다.

2023년 아내 생일 선물 지침

1. 꽃의 종류는 큰 상관 없지만, 국화와 카네이션은 제외할 것.

2. 다양한 꽃 종류를 한 가지 색 콘셉트로 묶을 것.

ex) 노란색이 콘셉트이면 노랑 장미+노랑 튤립+프리지어 등을 섞고, 핑크가 콘셉트라면 핑크 장미, 핑크 수국 등을 섞는 방식.

3. 안개꽃은 절대 섞지 말 것. 안개꽃 안 좋아함!

4. 화분(Pot) 아니고 다발 포장일 것.

5. 예시 사진 2장 참조해 꽃집 사장님께 보여드리기.

'안 받고 말지. 굳이 그렇게까지 해야겠냐?'라는 생각이 들 수도 있겠다. 그 말도 맞다. 나 역시 10년 넘게 엎드려 절 받는 건 의미 없다고 생각해서 딱히 요구하지 않았다. 하지만 찔러서라도 받고 둘 다 만족하는 것이 마음에 들지 않는 선물을 받고 실망하거나, 아예 선물을 못 받고 신세 한탄하는 것보다 낫다.

인위적인 방식이 싫다고 해서 사랑받고 싶고 챙김받고 싶은 욕구를 포기해서는 안 된다. 처음 몇 년은 괜찮을 수 있지만, 욕구불만과 외로움의 감정이 깊어지고 길어지면 마음이 병들 수 있다. 아스퍼거 증후군을 가진 사람의 배우자 상당수가 실제로 카산드라 증후군을 앓고 있다. 공감받고 인정받고자 하는 욕구를 바로바로 해소하지 못해서 깊은 우울에 빠지게 되는 것이 바로 카산드라 증후군이다.

찔러서 받으면 어떠한가? 물론 비밀스럽게 완벽한 시나리오를 짜서 준비한 깜짝 이벤트보다는 감동이 덜한 것은 사실이다. 하지만 내 남편은 최수종이 아니고, 나도 나긋나긋한 절세 미녀 하희라는 못 되니까 한발 물러서 준다. 찔러서라도 내 마음에 쏙 드는 선물을 받으니 특별한 날 내 기분이 좋고, 아내가 기뻐하는 모습을 보고 아스퍼거 증후군 남편도 성취감을 느끼고 뿌듯해한다. 주는 사람과 받는 사람 모두에게 윈윈(Win-Win)인 상황이다.

이제는 표정만 봐도 무슨 생각을 하는지 빤한 부부 사이에서 단전에서부터 감동이 솟구쳐 오르는 이벤트를 마련하기란 현실적으로 어려운 일이다. 설사 가능하다 하더라도 노력과 시간 대비 효율을 생각하면 인위적이더라도 슬쩍 힌트를 주는 것이 결과적으로 더 좋다. 바쁘다 바빠 현대사회 아니던가? 심지어 우리 남편처럼 아스퍼거 증후군을 갖고 있거나 눈치가 없는 타입이라면 힌트 정도가 아닌 명확하고 구체적인 지침을 내려주는 것이 좋다. 인생사 성공과 실패의 한 끗을 가르는 것은 바로 디테일의 힘이다.

내년 생일에 받을 꽃다발이 벌써부터 기대된다. 파스텔톤 포장지에 싸인 꽃다발은 분명 예쁘겠지만, 그 꽃다발 어딘가에 반드시 구멍이 있을 것이다. 꽃다발 속에 숨겨진 우리 남편의 아스퍼거 구멍이 무엇일지 궁금하다.

아스퍼거 남편
사용 설명서

✳
✳

비위가 약해요

조금만 역한 것을 봐도 쉽게 구역질을 해요. 우리 남편은 첫째 똥 기저귀를 가는 도중 바닥에 토한 적이 있어요. 아이가 음식을 먹을 때도 아니고 이유식을 먹을 때도 아니에요. 신생아 때, 심지어 모유만 먹던 시절이에요. 모유 먹은 똥 기저귀를 갈다가 토하는 남편을 본 뒤로 둘째가 다 클 때까지 남편에게 기저귀 가는 걸 맡겨본 적이 없어요. 어른 토를 치우느니 아기 똥 기저귀를 갈고 말지요.

아! 남편의 비위에 대한 에피소드가 또 있어요. 연애 시절인데요. 우리 남편을 대학 동기들에게 처음 소개한 자리였어요. 동기 중에 술을 강요하는 꼰대 같은 놈이 있어서 그날 술을 엄청나게 많이 마셨어요. 1차를 마치고 밖에 나왔는데 갑자기 속이 울렁거리는 거예요. 걷잡을 수 없이 토하기 시작했어요.

"오 마이 갓! 아유 오케이?"

라이언이 달려왔어요. 역시 내 남친! 등을 두드려주고 나를 도와주겠지 기대했어요. 그런데 라이언이 내 토사물을 보자마자 뒤돌아 자기도 토하는 게 아니겠어요? 많이 역했나 봐요. 그날 제가 안주빨을 좀 세웠거든요. 종로3가 한복판에서 등을 맞대고 우리 커플은 피자 라지 사이즈 두 판을 부쳤어요. 꼰대 친구 놈이 그 모습을 보고 말했어요.

"너희 뭐하냐?!"

아스피는 감각이 상당히 예민해요. 결혼을 고려하신다면 자녀 기저귀와 음식물 쓰레기 버리기는 평생 본인이 해야 한다고 미리 마음먹으시는 게 좋아요. 반전은 자기가 깨끗한 건 아니라는 거예요! 자기 몸이 음식물 쓰레기보다 더 더러우면서 음식물 쓰레기는 못 버리다니! 완전 모순이예요.

행동이 굼때요

아스피들은 행동이 굼뜨고 신체적 움직임이 어색한 특징을 갖고 있어요. 영화 『주토피아^{Zootopia}』에 나오는 나무늘보 기억하시나요? 아무리 그래도 걔보다는 우리 남편이 더 빠른 것 같긴 한데……, 가끔은 걔보다 더 느리니까 평균적으로 나무늘보의 인간 버전이라고 생각하면 될 것 같네요.

우리 집은 DIY 물건은 아예 들이지 않아요. 그런데 가끔 완제품인 줄 알고 샀는데 조립 전 상태로 물건이 배송되는 황당한 경우가 있죠? 그런 물건을 남편이 조립하는 경우, 저는 집을 나갑니다. 조립 과정을 지켜보면 꼭 부부싸움이 나거든요. 조금 오래 걸릴지라도 주어진 미션은 꼭 클리어합니다. 작은 책장이라면 5시간 정도 외출이 적당합니다. 더 복잡한 전자기기 종류라면 1박 일정으로 친정에 다녀옵니다. 과정만 안 보면 됩니다. 내 정신건강은 소중하니까요!

관리직으로의 승진은 퇴사를 의미합니다

아스퍼거 배우자의 승진을 기뻐하지 마세요. 매니저, 과장급이 되는 순간은 퇴사 시기의 도래를 의미합니다.

아스피는 변화나 새로운 환경에 놓이는 상황을 극도로 힘들어합니다. 이직 후 새 직장에 완전히 적응하기까지 필요한 3개월 정도는 아스퍼거인에게 말 그대로 지옥입니다. 매일 밤 죽상을 하고 들어와서 한숨을 쉬고, 두통약을 달고 살고, 출근 전에는 구역질도 할 거예요.

어린 자식들이 보는 앞에서 "내일 아침에 눈 뜨지 못했으면 좋겠다"는 말도 서슴없이 합니다. 아스피는 자기중심적인 특성이 있어서 머릿속에 떠오르는 말을 그대로 뱉는 경우가 있거든요. 그럴 때 "야, 이 인간아! 아빠가 돼서 자식들 앞에서 할 말, 안 할 말이 있지. 그러고도 네가 아빠냐?"라고 다그치지 마세요. 그만큼 자기가 힘들다는 거예요. 단지 감정을 그렇게밖에 표현 못하는 겁니다. 할 말, 안 할 말을 가려서 할 수 있는 상호작용 신경회로가 부서진 채로 태어난 사람이니 그냥 그러려니 넘어가 주셔야 합니다. 이런 말을 곧이곧대로 받아들여 물고 늘어지거나 상대를 몰아붙이면 그는 정말 내일 아침에 눈을 뜨지 않을지도 모릅니다.

하지만 3개월 정도의 적응 기간이 지나면 새로운 직장도 아스퍼거인에게 루틴으로 자리 잡습니다. 아스퍼거인은 반복되는 루틴을 지키며 살아갈 때 심리적 안정감을 느끼거든요. 폭풍 같던 적응기가 지나고 나면 아주 오랫동안 매우 성실하게 루틴을 지키며 열심히 일합니다. 승진이 거듭되기 전까지는요.

승진이 거듭되어 관리자 직급으로 올라가는 순간 또 한번의 위기가 옵니다. 정해진 시간에 주어진 일을 처리하는 루틴 내에서 수동적인 실무자로 일할 때 아스퍼거인은 편안함을 느낍니다. 자율적으로 의사결정을 해야 하고 관리자로서 실무자 팀원들에게 일을 분배해야 하며 그 과정에서 팀원들의 크고 작은 불만 사항들을 처리하기 위해 끊임없이 소통해야 하는 관리자 직급이 되는 순간, 아스퍼거인에게 직장은 또다시 지옥이 됩니다.

이번에는 몇 개월 기다리는 것이 답이 되지 못합니다. 변화된 환경에 적응하는 것은 시간이 해결해 줄 수 있지만 나에게 애초에 없는 능력이 시간만 보낸다고 해서 생기지 않으니까요. 한 가정의 가장이라는 책임감이 강한 사람의 경우라면 당장 그만두지 못하고 버티겠죠. 운이 좋으면 버티는 중에 관리자로서 나름의 생존 방법을 터득할 수도 있습니다. 관리자라는 새 역할을 지고도 안정감을 느낄 수 있는 업무 루틴을 또 만들어 낸다면 직장생활이 연장될 수도 있습니다.

하지만 이것이 오래갈 가능성은 희박합니다. 관리자는 팀원들이 바뀔 때마다 새 사람에게 적응해야 하는데 이 부분이 아스피의 에너지를 계속해서 소진시킬 것이기 때문입니다. 내가 실무자일 때는 전체 환경에 나만 적응하면 됩니다. 하지만 관리자는 변화하는 세부 요소에 끊임없이 대응하고 적응해야 합니다.

승진이 결정되면 결단을 내려야 할 시기가 옵니다. 사측과 협상하여 더 이상의 승진을 거부하고 실무자로서만 근속하거나, 독립이 가능한 직종이라면 프리랜서나 1인 기업 형태로 독립해야 합니다.

우리 남편의 경우 한국에서 영어 강사로 일하고 있는데

헤드 티쳐(Head Teacher)가 된 후 폭풍 같은 1년을 버티다가 끝내는 오래 몸담은 직장에서 퇴사했습니다. 퇴직금과 연말 보너스가 아니었다면 더 일찍 퇴사했을 텐데 꾸역꾸역 1년을 버텨냈습니다. 현재는 1인 교습소를 열어 자영업자의 삶을 살고 있습니다.

아이콘택트를 못해요

아스피는 눈 맞춤을 못 합니다. 가족이나 매우 친밀한 사이가 아닌, 낯선 상대와 눈 맞춤을 하는 것은 불가능합니다. 예의를 지키고 상대에게 오해를 사지 않기 위해서 처음 만난 사람과 대화할 때는 상대방의 이마를 본다거나 주변에 있는 물체를 응시하여 눈 맞춤을 하는 듯 연기합니다. 하여 아스퍼거 배우자가 다른 사람과 대화할 때 잘 살펴보면 눈빛이 흔들리는 것을 볼 수 있어요. 그것이 가끔 사시처럼 보일 수 있으나, 사시는 아니고 그냥 그 사람이 불편하다는 뜻입니다.

반대로 상대를 정면으로 똑바로 응시하고 눈 맞춤이 가능해졌다는 것은 그 사람이 배우자의 친구가 되었다는 의미입니다. 그분의 전화번호를 물어봐도 좋은 타이밍입니다.

내 남편은 TV광(狂)

흔히 남자들은 40대가 되면 눈물이 많아진다고 하는데 우리 남편은 예외입니다. 40대 중반이 되기까지 연애와 결혼생활을 합쳐 18년째 지켜보고 있는데 지금까지 남편의 눈물을 본 적이 다섯 손가락 안에 드니까요.

우리 남편은 엄청난 TV광입니다. 뉴스를 기본으로 리얼리티쇼, 토크쇼 등 장르를 가리지 않고요, 특히 영화와 드라마를 즐겨봅니다. 흔히들 드라마를 보는 목적은 간접경험과 공감일 텐데요. 아스피 남편은 드라마 속 인물에게 감정이입을 하는 것도 힘들고, 인물들의 행동이나 감정선을 오롯이 이해하는 데에도 어려움을 겪습니다. 자식 잃은 부모가 오열하는 장면처럼 시청자들을 울리려고 작정하고 만든 장면을 보고도 건조한 안구 상태를 유지합니다. 이쯤 되면 궁금해집니다. 드라마를 왜 보는 거지? 아스피 남편에게 물어보았더니 놀라운 답이 돌아왔습니다.

"나 지금 공부하는 거야."

새 장가 들 일도 없는데 영화와 드라마뿐 아니라 연애 리얼리티쇼까지 보는 게 이상하다고 생각했는데 남편은 이게 다 공부였다고 합니다. 어릴 때부터 학교나 직장에서 다른 사람들과 함께 있을 때 도대체 어떻게 말하고 행동해야 하는지 막막했다고 하네요. 그래서 TV를 보면서 사람들이 어떻게 인사하고 농담하고 사과하고 위로와 감사의 표현을 하는지 배우기 시작했다고 합니다.

다른 사람들은 드라마 속 인물에 자신을 대입하여 '마음'을 쓰며 공감하는 태도로 드라마를 즐기죠. 반면에 우리 남편은 캐릭터들의 행동 맥락을 학습하여 자신의 일상에서 적용할 행동양식 데이터를 늘릴 목적으로 '뇌'를 쓰며 드라마를 봅니다.

휴일에 하루 종일 드러누워 TV만 보는 아스피 남편을 타박하지 마세요. 그들은 지금 두뇌를 풀가동하고 학습 중입니다.

아스피 아빠를 굳이 출산 과정에 참여시키지 마세요

제가 초등학생 때였으니까 20년도 넘은 일이네요. 뮤지컬 배우 최정원 님이 남편과 함께 딸의 출산 과정을 처음부터 끝까지 함께하는 그 모습이 어린 마음에 정말 감동적으로 다가왔어요.

마침 첫 아이를 임신했을 때 우리 부부가 살던 브리즈번에는 수중분만이 가능한 자연주의 출산센터가 있었어요. 어릴 때부터 꿈꾸던 수중분만의 로망을 이룰 수 있다는 기대감에 겁도 없이 자연주의 출산을 선택했어요. 첫 출산이었기 때문에 '자연주의'가 무엇을 의미하는지 우리 부부는 몰랐습니다. '자연주의 출산'을 '자연분만' 정도로 생각한 거죠. 출산의 속도를 앞당기거나 산모의 통증 완화를 위한 현대의학의 도움 없이 아이를 낳는 현실은 TV에서 봤던 우아한 출산과는 달랐습니다.

이미 언급한 바 있듯 아스피들은 비위가 약합니다. 출산 과정에 필연적으로 등장하는 피와 분비물이 역하거나 공포스럽게 느껴질 수도 있습니다. 고통스러워하는 아내를 바라보고만 있어야 하는 상황은 극도의 불안과 긴장을 야기합니다. 짐승 같은 울음소리를 내는 아내가 낯설게 느껴질 수도 있습니다.

자연주의 출산을 하기에 우리 아기는 너무 컸습니다. 남편의 머리 크기를 보고 진작에 아기의 머리 크기도 가늠했어야 하는데, 첫 출산이라 몰라도 너무 몰랐죠. 20시간의 진통 끝에 수중분만은커녕 위험 상황에 다다라 일반 산부인과 병동으로 옮겨졌습니다. 회음부를 절개하고 흡입기의 도움을 받아 매우 인위적인 방식으로 첫 딸을 출산했습니다. 일반 병동으로 옮겨진 지 딱 3분 만이었습니다. 3분이면 될 걸 20시간을 끌었습니다.

첫아기 출산 후 우리 부부는 둘 다 트라우마를 입었어요. 저는 배가 살짝만 아파도 진통의 기억이 떠올라 고통스러웠고, 남편에게 못 볼 꼴을 다 보였다는 자괴감이 들어 마음이 힘들었어요. 남편은 20시간 동안 아내와 아기가 무사할 수 있을까 극도의 공포와 불안감에 떨었던 기억이 트라우마로 다가왔다고 했어요. 딸이 무사히 태어났을 때 남편을 보니 울고 있었어요. 18년간 남편을 지켜봤지만, 그렇게 눈물을 줄줄 흘리면서 우는 모습은 처음이었어요.

우리 부부는 서로 말은 안 했지만 둘째 출산이 닥쳤을 때 엄청난 마음의 부담을 갖고 있었습니다. 첫째 때는 모르고 겪었다지만 알고 또 겪으라니 더 막막했어요. 이번에는 최대한 출산 과정에서 남편을 배제하기로 합니다.

유도분만 날 아침 7시에 혼자 차를 몰고 병원에 가서 유도분만 처치를 받았어요. 남편에게는 첫째를 어린이집에 등원시키고 스타벅스에서 브런치도 잘 챙겨 먹고 오후에야 병원에 오라고 일러두었습니다. 긴 진통의 과정을 남편에게 또 보여주고 싶지 않았어요. 둘째 출산은 첫째보다 빨리 진행된다는데 이번에는 한 10시간 걸리려나 생각했지요.

그런데 웬걸! 제가 '출산드라'인가 봐요. 무통 주사를 맞아서 아무 느낌이 없는데 아기가 곧 나온대요. 이제 겨우 11시인데! 남편에게 전화를 걸어보니 이제 막 스타벅스에서 라테와 베이글을 주문했다고 했어요. 일단 빨리 달려오라고 일러놓고는 간호사님 구령에 맞추어서 세 번 정도 힘을 줬는데 둘째가 나왔어요. 아기는 벌써 태어났는데 남편은 여전히 소식이 없으니 간호사님이 말했어요.

"엄마, 탯줄 정리하고 가위 줄 테니까 엄마가 탯줄 자르세요."

나 참. 제아무리 극단적 독립 성향이라고 해도 탯줄도 셀프 커팅이라니. 간호사님께 그냥 잘라달라고 하려니 왠지 첫째와 차별하는 것 같았어요. 둘째에게 미안한 마음에 가위를 건네받으려는 찰나, 남편이 가위를 낚아챘어요. 정말 영화 같은 타이밍이었어요. 분만실 입장과 동시에 가위를 낚아챈 남편은 경험자답게 능숙한 손놀림으로 탯줄을 자르고 자연스럽게 아기를 안아 대기실로 이동했어요. 나중에 보니 대기실에서 신생아를 안고 동요를 부르며 셀프 동영상까지 찍어놓았더라고요. 아스피답지 않게 대성통곡하며 감정을 표출하던 첫째 출산과는 너무나 다른 평화롭고 여유로운 풍경이었어요.

한국의 최강 효율 분만 시스템은 우리 부부가 첫째 출산 때 입었던 트라우마를 말끔히 씻어줬어요. 둘째가 엄마, 아빠에게 출산에 대한 기억을 반전시켜 준 덕분에 우리 부부는 뒤늦게 눌러놓았던 첫째 때 출산 이야기도 함께 나눌 수 있게 되었어요.

우리 남편은 탯줄을 자르는 것도 시키니까 했을 뿐, 그 행위 자체에 큰 의미를 두지는 않더라고요. 제가 다시 첫째 출산 시점으로 돌아간다면 남편에게 탯줄을 끊으라고 하지 않을 거예요. 병원에서 온갖 현대의료기기의 도움을 받아 출산 과정을 최단으로 줄이는 데 집중할 것임은 물론이고요. 잘 정리된 상태로 아기와 아빠가 첫 만남을 하는 편이 우리 가족에겐 더 나았어요.

출산 중 아스피 남편의 지지와 케어가 필요하다면 이성을 잃지 않을 정도의 진통이 올 때까지만 함께 있고, 흔히 진진통이라고 부르는 정신을 잃을 정도의 통증이 시작될 때부터는 전적으로 간호사님들의 지시와 지원을 따르며 출산에 집중하는 것이 좋습니다. 남편이 이 단계에 함께한들 산모는 어차피 남편의 존재를 인지할 정신이 없습니다.

아스피 남편과의 출산을 앞둔 산모라면 남편이 스스로 출산 과정 참여에 큰 의미를 두는지 대화를 나누며 잘 파악해 보고 출산 계획을 짜야 합니다. 아스피 남편의 출산 과정

참여는 득보다 실이 더 클 가능성이 있으니까요.

세상의 중심은 아스피로 돌아간다

아스피 남편은 시야가 참 좁습니다. 부부 둘만 있을 때는 몰랐는데 아이들이 생기고 나니 외식하러 고깃집에 갈 때마다 빈정이 상했어요. 식당에 착석하고 주문한 돼지갈비 5인분이 나옵니다. 처음엔 남편이 고기를 굽지만, 안 그래도 행동이 굼뜬데다 가위질이 서툴러서 보고 있자니 속이 터집니다. '내가내가병'을 이겨내지 못한 제가 가위와 집게를 뺏어 들고 부지런히 고기를 굽습니다. 아빠를 닮아 고기를 좋아하는 것은 알고 있었지만, 3세 아들의 활약이 눈부십니다. 포크질도 못하는 아기가 맨손으로 고기 조각을 집어 입에 넣고 오물오물 잘도 씹어먹습니다. 과장 않고 두 돌도 안된 아기가 혼자서 돌돌 말린 돼지갈비 3인분을 거뜬히 먹어치웁니다. 옆에서 유치원생 딸도 선방하고 있고요. 아이들먹성의 근원인 아빠도 옆에서 경쟁적으로 열심히 먹습니다. 저는 아예 식사를 포기하고 고기만 굽는데도 속도가 역부족입니다. 라이언에게 말합니다.

"당신은 어른이잖아. 어른이 배고픔을 참기 힘들다면 아이들은 더 참기 어렵지. 20분만 기다려. 자식들 먼저 먹이고 우리도 먹자. 우리는 첫 접시에 손대지 말자."

새끼 티라노사우루스들이 첫 접시 클리어와 함께 물러납니다. 5인분을 추가 주문합니다. 아빠 티라노사우루스가 본격적으로 덤빕니다. 다 익힌 고기를 잘라놓으면 사라지고, 잘라놓으면 사라집니다. 흡사 진공청소기 수준의 흡입력입니다. 그렇게 두 번째 접시도 비웠습니다.

"더 시킬까?"

라이언에게 묻습니다.

"더 시키지 마. 난 배불러. 더 못 먹어."

아이들은 슬슬 지겨워하고 라이언도 배를 두드리고 있습니다. 굽느라 냄새에 질려 배는 고픈데 고기는 꼴도 보기

싫고 잔치국수나 한 그릇 시킵니다.

국수를 기다리는데 솟구쳐오르는 짜증을 참을 수가 없습니다. 허기만 아니었다면 이 사건도 아스피라서 그러려니 하고 넘어갔을 텐데 배고픔은 항상 분노를 배가시킵니다.

"어쩌면 그렇게 시야가 좁아? 와이프 입에 고기가 들어가는지 안 들어가는지도 좀 살피며 먹을 순 없어? 난 고기 한 점도 못 먹었어. 당신 생각만 하지 말고 옆 사람, 앞 사람도 좀 보라고. 어차피 남들이랑은 밥 먹을 일도 없는데. 다 당신 가족이잖아. 타고난 눈치가 없으면 상대방이 더 시킬 거냐고 물었을 때 '나는 괜찮은데, 너는 어때?'라고 물어는 줘야 하는 거야. 기억해!"

"쏘리."

신속한 사과와 함께 라이언은 다음 외식을 위한 행동양식을 기억장치에 저장합니다. 와이프가 배가 고프면 쉽게 화를 낸다는 데이터와 함께 이 부분은 매우 중요한 요소로 처리됩니다. 여타의 발달장애와 달리 아스퍼거 증후군은 지능이 높아서 단순 암기력이 매우 뛰어나거든요.

이제는 고깃집에 가면 옆 사람 챙기는 시야가 넓어졌을 뿐 아니라, 가위질도 늘어서 전적으로 라이언이 고기를 굽습니다. 아스피들은 원래 멀티플레이를 못 하는데 고기 굽기와 먹기는 동시에 가능하더라고요? 라이언의 바비큐 실력이 늘어갈수록 가족 외식은 여유로워지고 있습니다.

아이들이 첫 접시를 후딱 먹고 놀이방으로 사라지면 라이언과 도란도란 이야기를 나누며 고기와 맥주를 먹는 것이 가능해진 거죠. 항상 식구들 앞접시에 고기를 놓아만 주다가 라이언이 내 앞접시에 고기를 채워주니 감격스럽습니다. 아이들이 점점 커가고 아스피 남편의 센스도 점점 늘어가니 갈수록 삶은 나아집니다.

예민보스

우리 집은 남편이 집에 있을 때는 설거지 금지입니다. 설거지할 때 그릇끼리 마찰하는 쨍그랑 소리를 남편이 견디지 못하기 때문이에요. 결혼 초기 때 설거지를 끝내고 방으로 들어오면 남편은 그렇게 그릇을 세게 집어던지는데 남아나는 그릇이 있냐고 물었어요. 처음에는 내가 설거지를 과격하게 하는 편인가 생각했는데 실제로 제가 그릇을 깨는 일은 한 번도 없었거든요. 심지어 더 이상 조심할 수 없을 정도로 주의해서 설거지를 해도 여전히 남편은 짜증을 내고 헤드폰을 쓰거나 이어플러그를 끼면서 괴로워했어요.

아기들을 싫어했던 이유도 바로 소음 때문입니다. 아기들이 갑자기 소리를 지르거나 크게 울거나 웃을 때 아스피들은 감정적인 균형이 깨지고 방해를 받는 것처럼 느낍니다. 친자식이 내는 소음이라고 크게 다르지 않더라고요. 우리 아이들은 끊임없이 아빠에게 조용히 하라는 잔소리를 들어요. 아이들이 떠들고 큰 소리로 웃는다는 건 한창 재미있게 놀고 있다는 증거인데 남편이 꼭 그 맥을 잘라버립니다. 남편의 아스퍼거 증후군을 이해하면서도 아이들을 생각하면 야속할 때가 있습니다. 아이들이 소리를 지른 것도 아니고 둘이서 소곤소곤 까르르 까르르 노는 것도 못 견뎌 할 때면 저 역시도 참지 못합니다. 아스퍼거 증후군이 뭐든 본인 위주로 가족들을 움직이게 하는 훈장은 아닙니다.

"애들 소리가 시끄러우면 못 견디는 당신이 헤드셋을 써. 애들도 매일 똑같이 BBC 뉴스 소리 듣기 싫어도 아빠니까 참아주는 거야. 아이들을 못 참겠으면 당신이 헤드셋을 써. 애들한테 잔소리하지 마."

남편은 집에 들어오자마자 TV를 켜는 버릇이 있습니다. 운전할 때도 차에 타자마자 음악부터 킵니다. 저는 학생 때도 카페에서 공부하는 친구들을 이해하지 못했던 부류라서 소음이 완전하게 차단된 환경을 선호합니다. 하지만 아스피 남편 덕에 우리 집은 항상 백색소음이 유지되죠. 제대로 TV를 보는 것도 아니고 집중해서 음악을 듣는 것도 아닌데 왜 굳이 배경소음이 필요할까요? 규칙적이거나 맥락이 있는 소음은 남편의 마음을 안정시켜주고 잡생각을 없애준다고 해요. 너무 조용하면 심리적으로 불안해져 걱정거리들을 떠올리게 되는데 음악이나 백색소음이 잡생각을 차단해 준답니다.

식사 때도 소음이 말썽인데요. 한국과 아시아에서는 음

식을 씹고 삼키는 소리와 면을 후루룩 먹는 소리를 과장해서 표현한 먹방 ASMR 콘텐츠가 인기를 끌 정도로 식사 소음에 대해 관대합니다. 어르신들은 후루룩 쩝쩝 소리를 내면서 먹으면 복스럽게 잘 먹는다고 칭찬까지 해 주시니까요.

반면 서양에서는 최대한 소리를 내지 않고 먹는 것이 예의입니다. 하지만 문화 차이를 감안하고서도 남편의 예민함은 선을 넘습니다. 아이들에게 항상 조용하게 밥을 먹으라고 잔소리를 하고요. 타이거 마누라에게는 대놓고 뭐라고 말하진 않지만, 모든 표정과 에너지로 불편한 티를 냅니다. 남편은 이미 식사를 했고 나 혼자 음식을 먹어야 하는 상황이라면 밥을 차리는 순간부터 남편에게 헤드셋을 끼고 TV를 보라고 말해놓습니다. 감정 상하지 않고 미리 서로 불편한 일을 만들지 않는 것이 서로에게 좋습니다.

소음에 민감하다고 해서 다 아스퍼거 증후군은 아닙니다. 선택적 소음 과민 증후군 혹은 청각과민증(미소포니아, misophonia)으로 불리는 증상이 있는데요. 소음에 특히 예민한 가족구성원이 있다면 온라인에서 쉽게 구할 수 있는 자가체크리스트를 활용해 보시기 바랍니다. 이런 질환에 대한 인지가 없다면 서로를 이해하기 어렵습니다. 가족들은 청각 과민증을 가진 가족 구성원의 눈치를 보며 항상 조용히 하라는 잔소리를 들으니 불편하고, 청각과민증 당사자는 소음 때문에 힘든데다 자기만 유별난 취급을 받으니 답답합니다. 모르면 모두가 속상합니다. 알고 적절하게 대처하는 게 중요하죠. 청각과민증이란 걸 알고 나면 귀덮개, 이어플러그, 헤드셋 같은 장치를 적극적으로 활용할 수 있고 가정에 평화가 찾아옵니다.

이번 생에 미니멀리즘은 포기합니다

아스퍼거 증후군의 가장 전형적인 특징이 바로 루틴을 중시하는 것이에요. 매일 같은 시간에 똑같은 일을 하고 똑같은 음식을 먹는 게 지겨울 법도 한데 아스피들은 일상이 예측대로 정확히 흘러가는 데서 정서적 안정과 평화를 얻습니다. 돌발상황이 일어나서 평소대로 루틴을 못 지키게 되면 굉장한 불안과 불편한 감정을 느낍니다.

남편은 지난 몇 년 동안 평일에는 하루도 빼놓지 않고 7

시에 일어나 커피 머신에 캡슐을 넣어놓고 머신이 예열되는 동안 TV를 켜서 BBC 뉴스 채널로 맞추어놓습니다. 커피를 마시며 30분 동안 뉴스를 시청한 뒤, 7시 30분에 샤워를 하고 7시 50분까지 출근 준비를 마칩니다. 거실 테이블에서 차 키를 집어 들고, 나이키 흰색 운동화를 신고 집을 나섭니다. 전날 늦게 잠자리에 들었다 하더라도 늦잠 자는 일이 없습니다. 당연히 지각이나 결근을 해 본 적도 없습니다. 딱 한 번 주차장에 내려갔는데 차 타이어가 펑크가 나서 급하게 택시를 불러 출근 한 적이 있었어요. 그때도 지각하지는 않았다고 해요.

남편이 평소에 신는 나이키 운동화가 두 켤레 있어요. 똑같은 디자인에 똑같은 사이즈고 색깔만 흰색, 검정색으로 달라요. 월요일부터 금요일까지는 흰색 운동화를 신고, 토요일과 일요일에는 검정색 운동화를 신어요. 전 직장에서 헤드티쳐로 일했기 때문에 학부모들이 방문하는 주말에는 정장을 입어야 했어요. 정장에 받쳐 신기 위해 주말 근무용 검정색 운동화를 한 켤레 더 사서 신던 건데, 그 루틴이 직장을 그만둔 지금도 계속 이어지고 있어요.

이제는 평일에 검정 운동화를 신어도 되지 않냐, 오늘은 검정 운동화 신고 나가보자고 장난을 쳐도 통하지 않습니다. 운동화 두 켤레가 다 헤지거나 잃어버리는 일이 생기지 않는 한 이 루틴이 깨지지 않을 거예요.

남편이 신는 운동화는 단 두 켤레지만 갖고 있는 신발은 많습니다. 라이언은 50켤레가 넘는 나이키 운동화를 갖고 있습니다. 모두 상자에 담긴 그대로 새 상품이고요. 나이키 중에서도 조던 레이블입니다. 어릴 때부터 NBA 농구를 좋아해서 마이클 조던과 스타 농구선수들의 카드를 모아왔는데요. 나이키 '슈테크' 열풍이 불면서 카드로 분출했던 조던에 대한 사랑이 신발로 넘어갔어요. 본인 말로는 수집한 신발에 웃돈이 붙어서 엄청난 수익이 났다고 하는데요. 팔아야 수익이 나는 거지, 들어오는 신발만 있고 나가는 신발은 없는데 돈은 언제 버는 건지 모르겠습니다.

남편의 수집광 증상은 조던 카드와 신발뿐 아니라 주기적으로, 다양한 분야에서 나타났어요. 호주에 살 때는 선수들의 사인이 담긴 축구 유니폼에 빠져서 전 세계 축구 팬들과 소통하며 사인이 담긴 축구 유니폼을 몇십만 원씩 웃돈을 주고 사 모았어요. 어머님이 오셔서 축구 유니폼을 하나 하나 세어보신 적이 있는데 총 46개였어요.

남편이 대학을 졸업하고 한국에 들어왔을 때는 스크린 골프장이 대유행이었어요. 전자기기와 신기술을 동경하는 얼리어답터 성향이 있는 아스피 남편에게 스크린골프장은 신세계였죠. 그 시절 몇 년간은 골프채에 꽂혀 있었습니다. 한 브랜드 세트를 다 모으고 나면 그걸 중고로 팔고 한 단계 더 높은 브랜드로 옮겨타기를 3번 정도 반복하고 나서야 슈 테크 대세 흐름에 올라타, 지금은 조던 파도를 타고 있어요.

벽 한 면이 조던 신발 상자로 가득 차고 나니 남편이 저 장강박(Hoarding disorder)인지 의심이 들기도 했어요. 찾아보 니 아스퍼거 증후군과 저장강박 사이에는 뚜렷한 연관성도 없고, 무엇보다 우리 남편은 물건을 버리는 걸 힘들어하지 않습니다. 더 좋은 것을 제시하면 미련 없이 기존 것을 버립 니다. 인생은 업그레이드의 연속이라고 주장하니까요. 저장 강박을 갖고 있는 사람들은 영수증 한 장도 쉽게 버리지 못 합니다.

남편의 수집 취미는 저장강박이 아니라 자신이 끌리는

분야가 생기면 집착적으로 몰입하는 아스퍼거 증후군의 특성이 지속적으로 발현되는 것이라 정리했어요.

제 머릿속은 정리가 되었는데 우리 집은 남편의 수집품들로 늘 정리가 되지 않네요. 이번 생에 미니멀리즘은 포기합니다.

타고난 공감 능력은 없지만, 본인이 직접 경험한 것을 기억해서 상대의 감정을 이해할 수는 있습니다

아스피도 사랑의 감정을 당연히 느낍니다. 그러니 자식에게 무한한 사랑을 주는 것도 가능합니다. 그 사랑을 어떻게 표현하느냐가 문제인거죠. 우리 부부를 보면 남편이 아스퍼거라서 사랑을 표현 못 하는 거나 제가 경상도 여자라서 표현을 못 하는 거나 도긴개긴인 거 같긴 해요.

세부적인 상황까지 들어가 보면, 아스퍼거 남편이 공감 능력이 없어서 아이들의 입장을 완전히 오해하는 경우가 종종 있습니다. 그때는 공감 능력을 가진 배우자가 잘 중재해 주면 됩니다.

놀랍게도 가끔 엄청나게 높은 공감 능력을 아이들에게

발휘하기도 합니다. 쇼핑센터에 가면 발생하는 일입니다. 장난감이나 군것질거리를 사 주는 것에 인색한 저와 달리, 우리 아스퍼거 남편은 아이들에게 물질적인 것을 베푸는 데 매우 후합니다. 아이가 장난감을 사달라고 떼를 쓰면 엄하게 꾸짖는 저와는 달리 "나는 쟤 마음을 알아"라는 전혀 아스퍼거 같지 않은 대사를 남발하며 장난감을 기어이 사줍니다. 스크루지 못지않게 소문난 수전노 시부모님 아래에서 자란 남편은 갖고 싶은 물건을 부모님이 사주지 않았을 때 느꼈던 좌절감과 슬픔을 기억하고 있습니다. 경험으로 체득한 감정의 기억으로 아이들의 입장을 이해합니다.

아스피도 부모가 될 수 있습니다. 아스퍼거 증후군 진단을 받았다고 해서 인생에서 많은 것을 지레 포기하지 마세요.

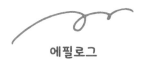

에필로그

우리 부부의 이야기를 기록하다 보니 쓰면 쓸수록 남다를 것 없다는 생각이 듭니다.

크고 작은 에피소드들이 남편의 아스퍼거 증후군 때문에 일어난 일이라기보다는 여느 부부나 겪을 법한 이야기가 아닌가 하는 생각이 드는 순간도 많았으니까요.

남다른 점 하나를 가졌든 그렇지 않든, 삶은 누구에게나 어렵습니다.

비슷한 힘들었던 기억을 떠올리며 작은 위로를 얻으셨으면 좋겠습니다.

이 이야기는 여기서 끝나지 않을 겁니다.

앞으로도 꾸준히 우리 부부의 이야기를 담아, 비슷한 인생의 맥락을 경험 중인 분들에게 응원과 공감의 기회를 드리고 싶습니다.

이 이야기를 브런치에서 연재하던 중에 아스퍼거 증후

군 남편을 둔 아내분들이 연락을 주셔서 소통의 기회를 가졌습니다.

연락을 주신 분들도, 저 자신도 살면서 어떤 대화에서도 얻지 못했던 치유와 공감의 효과를 누릴 수 있었습니다.

제 글의 쓰임을 발견할 수 있었던 귀중한 시간이었죠.

더 많은 아스피 가족분들과 소통할 수 있는 계기를 만들기 위해 글쓰기를 이어갈 것입니다.

아스퍼거 증후군이라도 괜찮아요.

저도 아스퍼거 남편과 잘살고 있습니다.

아스퍼거 남편과
살고 있습니다

초판 1쇄 발행   2023년 6월 5일

지은이   김모니카
발행인   곽철식

디자인   박영정
마케팅   박미애
펴낸곳   다온북스
인쇄   영신사

출판등록   2011년 8월 18일 제311-2011-44호
주소   서울시 마포구 토정로 222, 한국출판콘텐츠센터 313호
전화   02-332-4972   팩스   02-332-4872
전자우편   daonb@naver.com

ISBN 979-11-93035-07-8 (03810)